세 마리 토끼 잡는 독서 논술

P1
유아~초1

저자: 지에밥 창작연구소_

'지에밥'은 '찐 밥'이라는 뜻을 가진 순우리말로, 감주 · 막걸리 · 인절미 등 각종 음식의 재료를 뜻합니다.
'지에밥 창작연구소'는 차지고 윤기 나는 밥을 짓는 어머니의 정성처럼 좋은 내용으로 세상 모든 사람들에게
넉넉하게 쓰일 수 있는 지혜를 선물하고 싶습니다.

이 책을 쓴 지에밥 연구원들_

강영주(지에밥 창작연구소 소장, 빨간펜 논술, 기탄 국어 등 기획 개발), 김경선(동화작가 및 기획 편집자),
김혜란(동화작가, 아동문학가협회 회원), 왕입분(동화작가 및 기획 편집자), 우현옥(동화작가), 이현정(동화작가),
이혜수(기획 편집자), 이현정(동화작가 및 기획 편집자), 정성란(동화작가), 조은정(동화작가 및 기획 편집자),
최성옥(기획 편집자), 한현주(동화작가), 한화주(동화작가), 홍기운(동화작가 및 기획 편집자)

이 책을 감수한 선생님들_

권영민(서울대학교 국어국문학과 교수), 홍준의(서원대학교 과학교육과 교수),
김병구(숙명여자대학교 의사소통센터 교수), 문영진(전북대학교 국어교육과 교수), 조현일(원광대학교 국어교육과 교수),
김건우(대전대학교 국어국문학과 교수), 유호종(서울대학교 철학박사), 구자송(상암고등학교 국어 교사),
김영근(서울과학고등학교 국어 교사), 최영환(여의도고등학교 국어 교사), 구자관(한성과학고등학교 국어 교사),
윤성원(한성과학고등학교 국어 교사), 장원영(세화고등학교 역사 교사), 박영희(대왕중학교 과학 교사),
심선희(서울고등학교 과학 교사), 한문정(숙명여자고등학교 과학 교사)

세 마리 토끼 잡는 독서 논술 P1권

펴낸날 2023년 3월 15일 개정판 제14쇄
지은이 지에밥 창작연구소 | **연구원** 김지연, 조은정, 이자원, 차혜원, 박수희 | **펴낸이** 주민홍 | **펴낸곳** ㈜NE능률 | **디자인** framewalk | **삽화** 김석류(표지, 캐릭터) | **영업** 한기영, 이경구, 박인규, 정철교, 하진수, 김남준, 이우현 | **마케팅** 박혜선, 남경진, 이지원, 김여진 | **주소** 서울특별시 마포구 월드컵북로 396(상암동) 누리꿈스퀘어 비즈니스타워 10층(우편번호 03925) | **전화** (02)2014-7114 | **팩스** (02)3142-0356 | **홈페이지** www.nebooks.co.kr | **출판등록** 제1-68호
ISBN 979-11-253-3072-1 | 979-11-253-3110-0 (set)

- - -

펴낸날 2012년 3월 1일 1판 1쇄
기획 개발 지에밥 창작연구소 | **디자인 기획 진행** 고정선 | **디자인** 유정아, 박지인, 이가영, 김지희 | **삽화** 오유선, 안준석, 정현정, 윤은하, 김민석, 윤찬진, 정효빈, 김승민

제조년월 2023년 3월 **제조사명** ㈜NE능률 **제조국** 대한민국 **사용 연령** 유아~8세

하루하루 성장하는
내 아이의 모습을 확인하길 바라며

프랑스의 유명한 정신 분석학자이자 철학자인 라캉은 인간이 성장한다는 것은 '상징계'에 편입되는 것이라고 말했습니다. 그가 말한 상징계란 '언어를 매개로 소통하는 체계'를 의미하는데, 우리가 살아가는 세상 혹은 사회가 바로 그것입니다. 결국 한 아이가 태어나서 정신적으로 성장하는 아동기에서 가장 중요한 것은 언어로 소통하는 능력을 키우는 일입니다. 〈세 마리 토끼 잡는 독서 논술〉은 이와 같은 점에 주목하여 기획하고 구성하였습니다.

첫째, 문자 언어를 비롯하여 그림, 도표 등 다양한 상징체계를 이해하는 과정을 통해 통합적인 언어 이해력을 키울 수 있도록 하였습니다.

둘째, 텍스트 이해력뿐만 아니라 추론 능력, 구성(표현) 능력, 비판적 사고 능력 등을 통합적으로 길러서 여러 가지 문제를 해결하는 데 실질적으로 도움이 될 수 있도록 하였습니다.

셋째, 초등 교육과정의 핵심 내용과 밀접하게 연계되도록 설계하였습니다.

부모님보다 더 훌륭한 스승은 없습니다. 〈세 마리 토끼 잡는 독서 논술〉은 부모님 이외의 다른 어떤 선생님도 필요 없습니다. 이 학습 프로그램을 통해서 하루하루 성장하는 내 아이의 모습을 확인하는 기쁨을 누리시길 바랍니다.

세 마리 토끼잡는 독서논술 이란?

어떤 책인가요?

하나의 주제와 관련된 다양한 글(동화, 시, 수필, 만화, 논설문, 설명문, 전기문 등)을 읽고 통합 교과적인 문제를 풀면서 감각적 언어 능력(작품의 이해와 감상)과 논리적 이해 능력(비문학의 구조, 추론, 적용 등), 국어 지식(어휘, 문법 등), 사회와 과학 내용 등을 통합적으로 익히는 독서 논술 프로그램 학습지입니다.

몇 단계, 몇 권인가요?

〈세 마리 토끼 잡는 독서 논술〉은 다음과 같이 총 5단계, 25권입니다.

단계	P단계	A단계	B단계	C단계	D단계
대상 학년	유아~초등 1년	초등 1년~2년	초등 2년~3년	초등 3년~4년	초등 5년~6년
권 수	5권	5권	5권	5권	5권

세 마리 토끼란?

'독서', '사고', '통합 교과'의 세 가지 영역을 말합니다. 즉, 한 권의 독서 논술 책으로 다양한 장르의 글을 읽을 수 있고, 논술 문제를 풀면서 사고력을 기를 수 있으며, 초등학교 주요 교과 내용과 연계된 문제를 풀면서 통합 교과 학습을 할 수 있습니다.

독서
＊각 단계에 맞게 초등학교의 주요 교과 내용을 주제로 정함.
＊각 권의 주제와 관련된 글을 언어, 사회, 과학 등으로 나누어 읽을 수 있음.

사고
＊언어, 사회, 과학 등과 관련된 다양한 장르의 글을 읽고 논술 문제를 풀면서 생각하는 능력과 생각하는 폭을 확장할 수 있음.

통합 교과
＊다양한 장르의 글을 읽고 초등학교 국어, 사회, 과학 등의 학습 내용과 관련된 문제를 풀면서 통합 교과 학습을 할 수 있음.

하루에 세 장씩 꾸준히 학습하면 세 마리 토끼를 잡을 수 있어요.

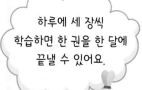
하루에 세 장씩 학습하면 한 권을 한 달에 끝낼 수 있어요.

세마리 토끼잡는 독서논술 이런 점이 다릅니다

초등학교 교과 내용과 긴밀하게 연결되어 있습니다.

각 단계의 권별 내용과 문제는 그 단계에 맞는 학년의 주요 교과 내용과 긴밀하게 연결되어 교과 학습에 도움을 줍니다.

하나의 주제를 통합 교과적으로 접근합니다.

각 권마다 하나의 주제가 있고, 그 주제를 언어, 사회, 과학과 연결시켜서 사고를 확장할 수 있게 하였습니다. 그리고 여러 교과와 연계된 문제를 풀면서 통합 교과적인 사고를 할 수 있습니다.

다양한 서술·논술형 문제를 풀 수 있습니다.

매 페이지마다 통합 교과 논술 문제를 제시하여 생각하는 힘과 표현력을 키울 수 있는 것은 물론 학교 시험에서 강화되고 있는 서술·논술형 문제에 대비할 수 있습니다.

다양한 장르의 글을 접할 수 있습니다.

각 주제와 관련된 명작 동화, 창작 동화, 전래 동화, 설화, 설명문, 논설문, 수필, 시, 만화, 전기문 등 다양한 장르의 글을 읽으면서 각 장르의 특성을 체험하며 독서하는 습관을 기를 수 있습니다. 특히 현재 왕성하게 활동하고 있는 여러 동화 작가의 뛰어난 창작 동화가 20여 편 수록되어 있습니다.

수준 높은 그림을 많이 제시하여 흥미롭게 학습할 수 있습니다.

어린이들은 글과 그림이 조화를 이룬 책으로 공부할 때 학습 효과를 높일 수 있습니다. 또한 좋은 그림은 어린이들의 정서 발달에 도움을 줍니다. 이런 점을 생각하여 한 페이지를 넘길 때마다 수준 높은 그림을 제시하여 어린이들이 흥미롭게 학습할 수 있도록 하였습니다.

세마리 토끼잡는 독서논술은 이렇게 구성되었습니다

독서 전 활동 생각 열기

★ 한 주의 학습을 시작하기 전에 주제와 관련된 사진이나 그림을 보고, 앞으로 학습할 내용에 대해 흥미를 가질 수 있도록 하였습니다.

★ '생각 톡톡'의 문제를 풀면서 주제에 대한 자신의 경험이나 평소 생각을 돌이켜 보며 앞으로 학습할 내용을 짐작할 수 있도록 하였습니다.

★ 통합 교과 활동과 이어질 교과서의 연계 교과를 보며 교과 내용을 참고할 수 있도록 하였습니다.

독서 중 활동 깊고 넓게 생각하기

★ 한 권에 하나의 주제가 있고, 그 주제를 언어, 사회, 과학으로 나누어서 다양한 장르의 글을 읽으며 통합 교과 문제와 논술 문제를 풀 수 있도록 구성하였습니다.

★ 1주는 언어, 2주는 사회, 3주는 과학과 관련된 제재로 구성하였고, 4주는 초등 교과에서 다루고 있는 여러 가지 장르별 글쓰기(일기, 동시, 관찰 기록문, 기행문, 독서 감상문, 기사문, 논설문, 설명문, 희곡 등)와 명화 감상, 체험 학습 등의 통합 교과 활동으로 구성하였습니다.

독서 후 활동 　생각 정리하기

되돌아봐요

★ 앞에서 읽은 글을 돌이켜 보면서 이야기의 흐름과 중심 생각을 파악하고, 더 나아가 자신의 생각을 발전시키는 문제를 풀 수 있도록 하였습니다. 이를 통해 한 주 동안 읽고 생각한 내용을 머릿속에서 차근차근 정리할 수 있습니다.

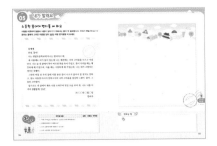

내가 할래요

★ 주제와 관련된 여러 가지 활동을 하며 한 주의 학습을 마무리할 수 있도록 하였습니다. 종이접기, 편지 쓰기, 그림 그리기 등 재미있는 활동을 하며 창의력과 상상력을 키울 수 있습니다.

★ 한 주의 학습이 끝난 다음 체크 리스트를 통해 학습한 주요 내용을 잘 이해하고 적용할 수 있는지 평가할 수 있습니다.

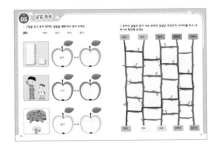

낱말 쏙쏙 (유아 P단계)

★ 한 주 동안 글을 읽으며 새로이 배운 낱말들을 그림과 더불어 살펴보고 익힐 수 있습니다.

궁금해요 (초등 A~D단계)

★ 한 주 동안 읽은 글이나 주제와 관련된 배경지식을 제공하여 앞에서 학습한 내용을 좀 더 깊이 이해할 수 있습니다.

세마리 토끼잡는 독서논술의 커리큘럼

단계	권	주제	제재			
			언어(1주)	사회(2주)	과학(3주)	통합 활동 장르별 글쓰기(4주)
P (유아 ~초1)	1	나의 몸 살피기	뾰족성의 거울 왕비	주먹이	구슬아, 어디로 가니?	몸 튼튼, 마음 튼튼
	2	예절 지키기	여우와 두루미	고양이가 달라졌어요	비비네 집으로 놀러 와!	안녕하세요?
	3	친구와 사귀기	하얀 토끼, 까만 토끼	오성과 한음	내 친구를 자랑합니다!	거꾸로 도깨비 나라
	4	상상의 즐거움	헤라클레스의 모험	용용 죽겠지?	나는야 좋은 바이러스	상상이 날개를 달았어요
	5	정리와 준비의 필요성	지우개야, 고마워!	소가 된 게으름뱅이	개미 때문에, 안 돼~!	색깔아, 모양아! 여기 모여라!
A (초1 ~초2)	1	스스로 하기	내가 해 볼래요!	탈무드로 알아보는 스스로 하는 힘	우리도 스스로 잘 살아요	일기를 써 봐요
	2	가족의 소중함	파랑새	곰이 된 아빠	동물들의 특별한 아기 기르기	편지를 써 봐요
	3	놀이의 즐거움	꼬부랑 할머니와 흰 눈썹 호랑이	한 번도 못 해 본 놀이	동물 친구들도 노는 게 좋대요	머리가 좋아지는 똑똑한 놀이
	4	계절의 멋	하늘 공주가 그린 사계절	눈의 여왕	나뭇잎을 관찰해요	동시를 써 봐요
	5	자연 보호	세모산 솔이	꿀벌 마야의 모험	파브르 곤충기 (송장벌레)	관찰 기록문을 써 봐요
B (초2 ~초3)	1	학교생활	사랑의 학교	섬마을 학교가 좋아졌어요	우리 반 사고뭉치 기동이	소개하는 글을 써 봐요
	2	호기심 과학	불개 이야기	시턴 "동물기" (위대한 통신 비둘기 아노스)	물을 훔쳐 간 범인을 찾아라!	안내하는 글을 써 봐요
	3	여행의 즐거움	하나의 빨간 모자	15소년 표류기	갯벌 탐사 여행	기행문을 써 봐요
	4	즐거운 책 읽기	행복한 왕자	멸치 대왕의 꿈	물의 여행	독서 감상문을 써 봐요
	5	박물관 나들이	민속 박물관에는 팽이가 산다	재미있는 세계 이야기 박물관	과학관으로 놀러 오세요	광고하는 글을 써 봐요

단계	권	주제	제재			
			언어(1주)	사회(2주)	과학(3주)	통합 활동 장르별 글쓰기(4주)
C (초3 ~초4)	1	교통의 발달	자동차의 왕, 헨리 포드	당나귀를 타려다가……	교통수단, 사람들 사이를 잇다	명화 속 교통수단
	2	날씨와 환경	그리스 로마 신화	북극 소년 피터	생활 속 과학	날씨와 생활
	3	나누며 사는 삶	마더 테레사	민들레 국숫집	지진과 화산	주장하는 글을 써 봐요
	4	지역의 자연환경	울산 바위의 유래	우리 마을이 최고야!	아름다운 우리 고장	우리 마을 지도를 그려 봐요
	5	지역의 문화	준치가 메기 된 날	강릉의 딸, 겨레의 어머니 신사임당	우리나라 풀꽃 이야기	지역 특산물을 소개해 봐요
D (초5 ~초6)	1	우리 역사	삼국유사	옛날 사람들은 어떻게 살았을까?	역사를 바꾼 겨레 과학	지붕 없는 박물관, 경주 역사 유적 지구
	2	문화재	반야산 불상의 전설	난중일기	우리 문화에 숨어 있는 과학	설명하는 글은 어떻게 쓸까요?
	3	경제생활	탈무드로 만나는 경제	나눔을 실천한 기업가 유일한	재미있는 확률 이야기	기사문은 어떻게 쓸까요?
	4	정보화 사회	컴퓨터 천재 빌 게이츠	봉수와 파발	컴퓨터와 인터넷 세상	연설문은 어떻게 쓸까요?
	5	세계와 우주	우주를 여행하는 과학자 스티븐 호킹	80일간의 세계 일주	별과 우주	희곡은 어떻게 쓸까요?

각 학년의 교과와
연계된 주제로 다양한 글을
읽을 수 있어요.

세 마리 토끼 잡는 독서논술 이렇게 공부하세요

자신 있게 학습할 수 있는 단계를 선택하세요.

〈세 마리 토끼 잡는 독서 논술〉은 어린이 개인의 능력에 따라 단계를 선택하여 학습할 수 있는 교재입니다. 학년과 상관없이 자신이 자신 있게 학습할 수 있는 단계부터 선택하는 것이 중요합니다. 너무 어려운 단계나 너무 쉬운 단계를 선택하면 학습에 흥미를 잃을 수 있으므로 주의하세요.

한 주 동안 읽어야 할 독서 자료를 미리 읽으세요.

한 주 동안 읽어야 할 독서 자료를 미리 읽고 전체 내용을 파악한 다음, 매일 3장씩 읽고 문제를 푸는 것이 독서 학습을 하는 데 효과적입니다. 독서에는 흐름이 있습니다. 전체의 흐름을 미리 알고 세부적인 문제를 푸는 것이 사고력 확장에 도움이 됩니다.

매일 3장씩 꾸준히 공부하세요.

'가랑비에 옷이 젖는다.'라는 속담처럼 매일 꾸준히 3장씩 읽고, 생각하고, 표현하다 보면 독서, 사고, 통합 교과적 사고 능력이 성장한다는 것을 느낄 수 있을 것입니다. 그리고 매일 학습을 마친 뒤에는 '1일 학습 끝!' 붙임 딱지를 붙이면서 성취감을 느껴 보세요.

한 주 학습을 마친 후 자기 평가를 해 보세요.

한 주 학습이 끝난 다음에는 체크 리스트를 통해 학습한 내용을 얼마나 이해하고 적용할 수 있는지 스스로 평가해 보세요. 그래서 부족한 부분이 있다면 다시 한번 짚고 넘어가세요.

부모님과 깊이 있는 대화를 나누어 보세요.

한 주 동안 독서 자료를 읽고 문제를 풀면서 생각하고 표현해 보았다면, 그 주제에 대해 부모님과 이야기를 나누어 보세요. 주제에 대해 자신이 새롭게 알게 된 것이나 다르게 생각하게 된 것을 부모님과 이야기하다 보면 생각이 더욱 커진답니다.

한 주 학습표

일	월	화	수	목	금	토

★ 한 주 동안 읽어야 할 독서 자료 미리 읽기

★ 매일 3장씩 학습하기 → '1일 학습 끝!' 붙임 딱지 붙이기 → 한 주 학습이 끝나면 체크 리스트를 보며 평가하기

★ 부족한 부분 되짚기
★ 주요 내용 복습하기

세마리 토끼 잡는 독서논술

P단계
1권

주제	주	제목	교과 연계 내용
나의 몸 살피기	언어(1주)	뾰족성의 거울 왕비	[국어 1-1] 소리 내어 또박또박 읽기 / 문장 부호 알기
			[국어 2-1] 인물의 마음 상상하며 읽기
			[수학 1-2] 100까지 수의 순서 알기
			[통합교과 봄2] 몸 살피기 / 몸에 있는 여러 부분의 이름과 특징 알기
	사회(2주)	주먹이	[국어 1-1] 문장에 어울리는 낱말 넣기 / 겪은 일 떠올려 그림일기 쓰기
			[국어 3-1] 알맞은 높임 표현 알기 / 낱말의 의미 짐작하기
			[국어 3-2] 차례대로 내용 간추리기 / 인물의 말과 행동 생각하며 읽기
			[통합교과 여름1] 가족의 의미와 소중함 알기
			[통합교과 봄2] 몸이 자라는 과정 살피기
			[통합교과 여름2] 다양한 가족의 형태 알기
	과학(3주)	구슬아, 어디로 가니?	[국어 1-1] 하루 동안에 겪은 일 말하기
			[국어 3-2] 차례대로 내용 간추리기
			[과학 5-2] 소화·배설 기관의 구조와 기능 알기
			[통합교과 봄2] 몸 살피기 / 몸에 있는 여러 부분의 이름과 특징 알기 / 몸을 깨끗이 해야 하는 이유를 알고 실천하기
	통합 활동 (4주)	몸 튼튼, 마음 튼튼	[국어 1-1] 알맞은 낱말을 넣어 문장 만들기
			[국어 3-2] 표현의 재미를 살려 시 읽기
			[통합교과 봄2] 몸과 관련한 노래 부르기 / 몸으로 표현하기 / 몸에 있는 여러 부분의 이름과 특징 알기 / 몸이 자라는 과정 살피기 / 나의 꿈 소개하기

1주

뾰족성의 거울 왕비

생각**톡톡** 거울에 여러분의 얼굴을 비춰 보세요. 어느 부분이 가장 마음에 드나요?

관련교과 　[국어 1-1] 소리 내어 또박또박 읽기 / 문장 부호 알기
　　　　　　[통합교과 봄2] 몸 살피기 / 몸에 있는 여러 부분의 이름과 특징 알기

뾰족성의 거울 왕비

뾰족성을 다스리는 임금님이 예쁜 새 왕비를 맞이했어요.

왕비는 신비한 마법 거울을 가지고 있었지요.

"거울아, 거울아, 세상에서 누가 제일 예쁘니?"

왕비가 물으면 거울은 늘 대답했어요.

"그건 바로 왕비님입니다."

그런데 어느 날 이렇게 대답하는 게 아니겠어요?

"임금님의 딸, 백설 공주님입니다."

* 마법: 이상한 힘으로 사람이 할 수 없는 일을 행하는 것.
* 백설: 하얀 눈.

13

언어 왕비가 사는 곳을 붙임 딱지에서 찾아 ?에
붙이세요.

?

"뭐, 뭐라고? 백설 공주?"

왕비는 얼굴이 금세 붉으락푸르락해졌어요.

"말도 안 돼! 세상에서 제일 예쁜 사람은 바로 나라고!"

왕비는 분하고 억울한 마음에 펄쩍펄쩍 뛰었어요.

※ **붉으락푸르락**: 몹시 화가 나거나 흥분하여 얼굴빛 따위가 붉게 또는 푸르게 변하는 모양.

언어 왕비가 화난 까닭으로 알맞은 것에 색칠하세요.

거울이 백설 공주가 세상에서 제일 예쁘다고 말해서

거울이 백설 공주를 더 좋아한다고 말해서

왕비는 심술이 나서 백설 공주를 괴롭혔어요.
"공주, 청소 좀 하시오. 먼지가 너무 많지 않소."
"공주, 맨날 놀기만 하고 공부는 언제 할 거요?"

백설 공주는 커다란 눈을 깜박이며 대답했어요.
"어마마마, 앞으로는 스스로 알아서 잘할게요."
그때 왕비는 백설 공주의 눈이
크고 동그랗다는 걸 문득 깨달았어요.

언어 백설 공주의 생김새로 알맞은 것을 붙임 딱지
에서 찾아 ❓에 붙이세요.

왕비는 쪼르르 거울한테 달려갔어요.

"거울아, 거울아! 내 눈도 크고 동그랗게 만들어 줘!"

거울은 왕비의 말을 듣고 주문을 외웠어요.

"아카타브라타, 왕비님 눈을 크고 동그랗게!"

* **쪼르르**: 작은 발걸음을 빠르게 움직여 걷거나 따라다니는 모양.

'펑!' 소리와 함께 왕비의 눈이 크고 동그랗게 바뀌었어요.

"눈이 커지니까 눈을 깜박이는 게 힘이 드네.

하지만 예쁘니까 괜찮아."

왕비는 거울을 보며 기뻐했어요.

언어 **왕비가 거울에게 한 말로 알맞은 것에 ◯ 표 하세요.**

내 눈도
크고 동그랗게
만들어 줘!

내 코도
크고 동그랗게
만들어 줘!

19

며칠이 지나자 왕비는 마음이 불편해졌어요.

'아직도 백설 공주가 더 예쁜 것 같아.'

왕비는 백설 공주를 찬찬히 살펴보았어요.

그러자 백설 공주가 작은 얼굴을 코앞에 디밀며 물었지요.

"어마마마, 제가 또 뭘 잘못했나요?"

그때 왕비는 백설 공주의 얼굴이 자기보다

더 작고 갸름하다는 걸 깨달았어요.

※ **갸름하다**: 가늘고 조금 길다.

언어   얼굴이 더 작고 갸름한 사람을 붙임 딱지에
서 찾아 ❓ 에 붙이세요.   ❓

왕비는 다시 쪼르르 거울한테 달려갔어요.

"거울아, 거울아!

내 얼굴도 작고 갸름하게 만들어 줘!"

거울은 주문을 외웠어요.

"아카타브라타, 왕비님 얼굴을 작고 갸름하게!"

'펑!' 소리와 함께
왕비의 얼굴이 작고 갸름하게 바뀌었어요.
"턱이 약해져서 고기를 못 씹겠네. 말하기도 힘들고…….
그래도 예쁘니까 괜찮아."

언어 왕비의 얼굴에서 바뀐 곳을 찾아 색칠하세요.

| 코 | 이마 | 턱 | 눈썹 |

며칠이 지나자 왕비는 다시 마음이 불편해졌어요.

'왜 여전히 백설 공주가 더 예쁜 것 같지?'

왕비는 생각하고 또 생각했어요.

그러다 돌부리에 걸려 벌러덩 넘어질 뻔했어요.

"어이쿠! 왕비 살려."

백설 공주가 긴 팔로 왕비를 잡아 주며 말했지요.

"어마마마, 괜찮으세요?"

그때 왕비는 백설 공주의 팔다리가

길쭉하다는 걸 깨달았어요.

※ **길쭉하다**: 너비보다 길이가 조금 길다.

과학
탐구 손과 팔이 하는 일로 알맞은 것에 모두 ◯표 하세요.

물건을 잡아요.	글씨를 써요.	공을 차요.

25

왕비는 또 쪼르르 거울한테 달려갔어요.
"거울아, 거울아! 내 팔다리도 길쭉하게 만들어 줘!"
거울은 주문을 외웠어요.

"아리아리 수리수리, 왕비님 팔다리를 길쭉하게!"
'펑!' 소리와 함께 왕비의 팔다리가 길어졌어요.

언어 왕비가 거울한테 또 달려간 까닭으로 알맞은 것에 색칠하세요.

목소리를 예쁘게 바꾸기 위해

팔다리를 길게 만들기 위해

그런데 이게 웬일일까요?

왕비는 사라지고 대신 사마귀 한 마리가 서 있었어요.

"왕비님, 어디 계십니까? 어디로 가신 겁니까?"

거울은 꿈에도 몰랐어요.

잘못 외운 주문 때문에 왕비가 크고 동그란 눈에,

작고 갸름한 얼굴, 길쭉한 팔다리를 가진

사마귀가 되었다는 걸 말이에요.

1주 3일
학습 끝!

붙임 딱지 붙여요.

언어 결국 왕비는 무엇으로 변하였나요? 알맞은
것을 붙임 딱지에서 찾아 ? 에 붙이세요.

사마귀가 된 왕비는 거울을 향해
있는 힘껏 소리쳤어요.
"거울아, 거울아!
예전의 내 모습으로 되돌려 줘."

하지만 거울은 아무런 대답이 없었어요.
거울의 귀는 사람이 하는 말만
들을 수 있었거든요.

과학 탐구 우리 몸에서 소리를 듣는 곳을 찾아 색칠하세요.

코   눈   턱   귀

아무리 둘러보아도 왕비가 보이지 않자
거울은 혼자 중얼거렸어요.
"왕비님은 예전 모습이 훨씬 아름다웠는데,
왜 자꾸 바꾸려고 하실까?
욕심이 지나치면 탈이 나는 법인데……."

※ **중얼거리다**: 남이 알아듣지 못할 정도의 작고 낮은 목소리로 혼잣말을 자꾸 하다.

거울의 생각으로 알맞은 것에 ◯표 하세요.

왕비님의 원래
모습이 더 예뻐요.

마법으로 바뀐
왕비님의 모습이
더 예뻐요.

왕비는 거울을 바라보며 엉엉 울었어요.

"거울아, 거울아! 내가 잘못했어.

제발 예전의 내 모습으로 되돌려 줘! 엉엉."

왕비는 무려 백 일 동안이나 눈물을 흘렸어요.

왕비의 눈물로 뾰족성도 흠뻑 젖어 있었지요.

한편, 포동포동 더 예뻐진
백설 공주는 멋진 왕자님을 만나
오랫동안 행복하게 살았답니다.

1주 4일
학습 끝!

붙임 딱지 붙여요.

수리 탐구 왕비가 운 날을 숫자로 알맞게 나타낸 것을 찾아 색칠하세요.

10   100   1,000

1 '뾰족성의 거울 왕비'를 잘 읽었나요? 이 이야기에 나온 것을 모두 찾아 ○표 하세요.

백설 공주

왕비

일곱 난쟁이

마법 거울

2 백설 공주의 생김새로 바르지 <u>못한</u> 것을 찾아 색칠하세요.

크고 동그란 눈

검은 피부

작고 갸름한 얼굴

길쭉한 팔

3 마법에 걸리기 전 왕비의 모습으로 알맞은 것에 ◯표 하세요.

4 여러분에게도 마법 거울이 생긴다면 무엇을 물어보고 싶은지 말해 보세요.

거울아, 거울아!

....

....

37

낱말 쏙쏙

| 낱말에 어울리는 그림을 찾아 ◯표 하세요.

뾰족하다

갸름하다

길쭉하다

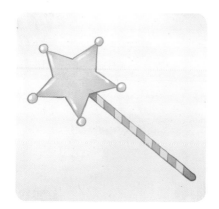

2 낱말에 어울리는 그림을 찾아 줄로 이으세요.

붉으락푸르락 •

펄쩍펄쩍 •

벌러덩 •

엉엉 •

내가 할래요

얼굴을 꾸며 보아요

보기 와 같이 종이를 오려 붙여서 얼굴과 몸을 꾸며 보세요.

보기

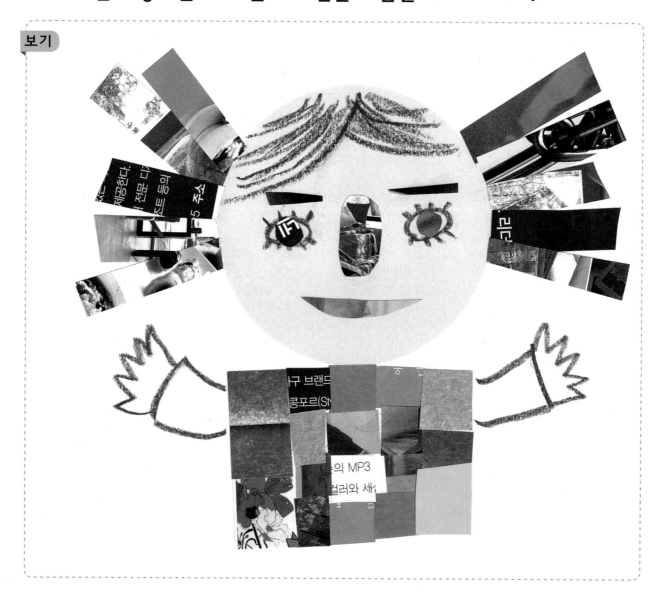

1주
학습 끝!

확인할 내용	잘함	보통임	부족함
1. 이번 주 학습을 5일(월요일~금요일) 안에 끝마쳤나요?			
2. 등장인물의 생각을 잘 이해하였나요?			
3. 우리 몸의 여러 부분의 이름을 잘 알 수 있나요?			
4. 우리 몸의 여러 부분이 하는 일을 잘 알 수 있나요?			

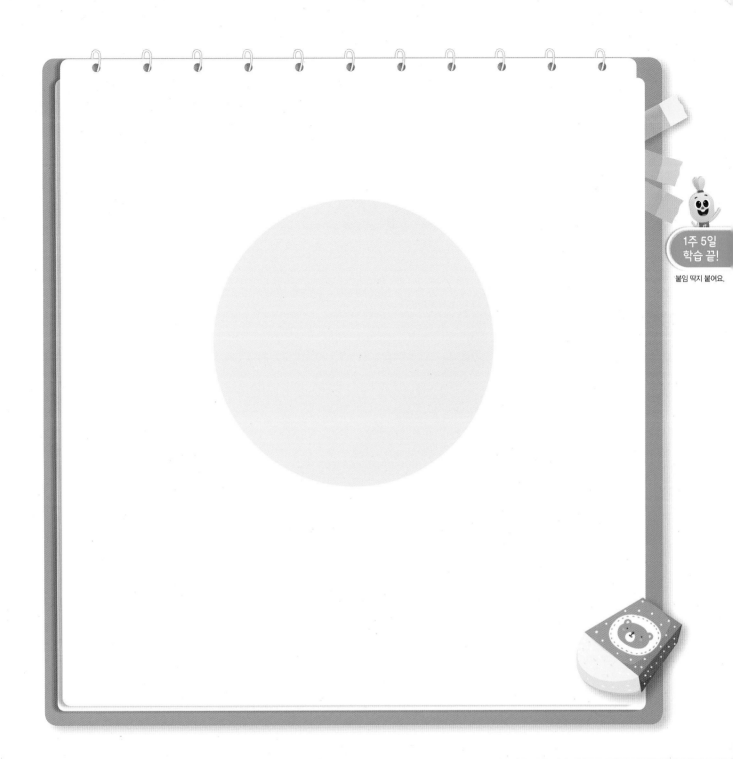

1주 5일
학습 끝!

붙임 딱지 붙여요.

전하는 말

2주

주먹이

생각**톡톡** 여러분에게는 주먹만 한 물건이 무엇이 있나요?

관련교과 [국어 3-1] 알맞은 높임 표현 알기 / 낱말의 의미 짐작하기
[통합교과 여름1] 가족의 의미와 소중함 알기 / [통합교과 봄2] 몸이 자라는 과정 살피기

주먹이

옛날, 어느 시골 마을에 마음씨 착한
할아버지와 할머니가 살았어요.
할아버지와 할머니에게는 고민이 하나 있었어요.
"우리 나이가 이렇게 많은데 자식이 없으니 걱정이구려."
"후유, 아주 작아도 좋으니
삼신할머니가 아이 하나만 보내 주시면 얼마나 좋을까요?"
"그럼 우리 삼신할머니에게 소원을 빌어 봅시다."

* **고민**: 마음속으로 괴로워하고 애를 태움.
* **삼신할머니**: 아기를 갖게 해 주고 엄마와 아기를 돌보는 할머니 모습의 세 신령.

사회탐구 할아버지와 할머니는 시골에 살아요. 시골의 옛날 모습으로 알맞은 것에 ◯표 하세요.

언어 할아버지와 할머니는 무엇이 없어서 걱정했나요? 알맞은 것을 찾아 색칠하세요.

집　　　　자동차　　　　자식

논술 할아버지와 할머니는 자식을 갖고 싶어 했어요. 여러분이 지금 갖고 싶은 것은 무엇인지 빈칸에 써 보세요.

보기　　　나는 <u>장난감 자동차</u>를 갖고 싶어요.

나는 ＿＿＿＿＿＿＿＿을(를) 갖고 싶어요.

그날부터 할아버지와 할머니는 밤마다 기도했어요.

그러던 어느 날, 할머니는 마당에서 작은 알을 발견했어요.

할머니가 톡 건드리자 알이 와자작 깨지더니

그 속에서 귀여운 아기가 울음을 터뜨리며 나왔어요.

"영감, 삼신할머니가 정말 우리 소원을 들어주셨네요."

할아버지와 할머니는 기뻐서 팔짝팔짝 뛰었어요.

"몸집은 주먹만 한 녀석이 참 영리하게도 생겼네그려!"

그때부터 아기를 '주먹이'라고 불렀어요.

＊ **팔짝팔짝**: 갑자기 가볍고 힘 있게 자꾸 날아오르거나 뛰어오르는 모양.
＊ **몸집**: 몸의 크고 작은 정도.

과학탐구 할아버지와 할머니는 밤마다 기도했어요. 밤하늘에서 볼 수 있는 것을 찾아 색칠하세요.

해   달과 별

언어 소원이 이루어지자 할아버지와 할머니는 기뻐서 어떻게 했나요? 알맞은 것을 찾아 ○표 하세요.

흔들흔들 흔들었어요.

팔짝팔짝 뛰었어요.

논술 '주먹이'라는 이름은 어떻게 붙여졌나요? 빈칸에 들어갈 알맞은 낱말을 써 보세요.

몸집이 ☐☐ 만 해서 붙여졌어요.

"어화둥둥 우리 아기, 어서어서 자라라!"

할아버지와 할머니는 주먹이를 정성스럽게 길렀어요.

그런데 하루, 이틀, 사흘……, 한 달, 두 달, 석 달…….

10년이 지나도 주먹이는 자라지 않았어요.

할머니의 한숨[*] 소리는 점점 커졌지요.

할아버지는 할머니를 다독이며[*] 말했어요.

"여보, 너무 걱정하지 마시오."

* 한숨: 근심이나 설움이 있을 때 길게 몰아서 내쉬는 숨.
* 다독이다: 남의 약한 점을 따뜻하게 어루만져 감싸고 달래다.

열 살이 된 주먹이의 모습은 어떠했나요? 알맞은 것을 찾아 ❓에 붙임 딱지를 붙이세요.

매우 컸어요.

매우 작았어요.

2주 1일
학습 끝!

붙임 딱지 붙여요.

예체능 주먹이를 키우면서 할머니의 표정이 어떻게 바뀌었는지 그림으로 그려 보세요.

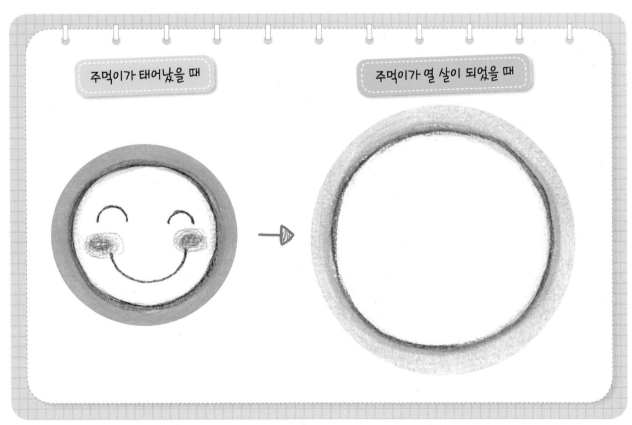

주먹이가 태어났을 때

주먹이가 열 살이 되었을 때

그날부터 할아버지는 주먹이를
주머니에 넣어서 산으로 강으로 데리고 다녔어요.
"아버지, 여기가 어디예요?"
"강이란다. 우리 세 식구가 먹을 물고기를 잡으러 왔지."
주먹이는 기분이 좋아 콧노래를 흥얼거렸지요.
"강바람이 솔솔, *신바람이 흥흥!"

※ **신바람**: 신이 나서 우쭐우쭐하여지는 기운.

언어 할아버지는 주먹이를 어디에 넣어서 데리고 다녔나요? 알맞은 것에 ◯표 하세요.

주머니

바구니

알껍데기

물고기 배 속

사회 탐구 할아버지는 주먹이를 산과 강으로 데리고 다녔어요. 산과 강의 모습을 찾아 줄로 이으세요.

산 •

강 •

할아버지는 조용한 곳에 자리를 잡았어요.

주먹이는 낚싯대를 타고 놀았지요.

"아, 재미없어. 낚시는 너무 지루해!"

주먹이는 풀밭으로 내려와서 폴짝폴짝 뛰어다녔어요.

그때였어요.

풀밭 위를 뱅뱅 돌며 먹이를 찾던 솔개 한 마리가

주먹이를 휙 낚아챘어요.

그러고는 하늘 높이 날아올랐어요.

＊ **낚싯대**: 물고기를 잡는 도구의 하나로, 가늘고 긴 대에 낚싯줄을 매어 씀.

언어 할아버지가 강가에서 한 일을 찾아 색칠하세요.

물놀이

낚시

과학탐구 먹이를 찾던 솔개가 주먹이를 낚아채 갔어요. 솔개의 모습으로 알맞은 것에 ○표 하세요.

논술 주먹이는 낚싯대를 타고 노는 것이 지루해지자 풀밭을 뛰어다녔어요. 여러분은 지루할 때 무엇을 하는지 말해 보세요.

보기 나는 지루할 때 놀이터에서 뛰어놀아요.

나는 지루할 때 ....

....

....

"아버지, 살려 주세요!"

주먹이가 소리쳤지만 할아버지는 그 소리를 듣지 못했어요.

솔개는 커다란 날개를 휘휘 저으며 더 높이 올라갔지요.

'엉엉. 꼼짝없이 잡아먹히게 생겼네. 이제 어떡하지?'

주먹이는 무서워서 바들바들* 떨며 울었어요.

그런데 멀리서 이 모습을 지켜보던 독수리가

주먹이를 빼앗으려고 솔개에게 달려들었어요.

솔개는 독수리와 싸우다 그만 주먹이를 놓치고 말았지요.

※ 바들바들: 몸을 자꾸 작게 바르르 떠는 모양.

과학탐구 솔개와 독수리는 서로 주먹이를 차지하려고 싸웠어요. 솔개와 독수리의 닮은 점을 모두 찾아 ☐ 안에 ✔표 하세요.

솔개

독수리

- 날개가 있어요. ☐
- 하늘을 날 수 있어요. ☐
- 부리가 있어요. ☐

논술 만약에 여러분이 주먹이처럼 솔개에게 잡힌다면 어떤 생각을 했을지 상상하여 말해 보세요.

보기 어떻게 하면 빠져나갈 수 있을까?

그 바람에 주먹이는 강으로 퐁당 빠졌어요.

"어푸어푸, 살려 주세요!"

주먹이는 있는 힘껏 소리를 질렀어요.

그러나 주먹이의 목소리를 들은 사람은 아무도 없었어요.

주먹이가 *허우적대느라 내는 물소리만 들릴 뿐이었지요.

스르르 스르르.

커다란 잉어 한 마리가 미끄러지듯 다가왔어요.

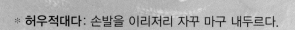

---

* 허우적대다: 손발을 이리저리 자꾸 마구 내두르다.

언어 강물에 빠진 주먹이는 뭐라고 소리를 질렀나요? 알맞은 말을 찾아 색칠하세요.

살려 주세요!

같이 수영해요!

과학 탐구 커다란 잉어 한 마리가 주먹이에게 다가왔어요. 잉어의 모습으로 알맞은 것에 ◯표 하세요.

논술 물에 빠진 주먹이를 구하려면 어떻게 해야 할까요? 여러분의 생각을 말해 보세요.

보기 튜브를 던져 주어요.

잉어는 주먹이를 순식간에 삼켰어요.

주먹이가 정신을 차린 곳은 캄캄한 잉어 배 속이었지요.

"아무것도 보이지 않아. 어떻게 빠져나가지?"

주먹이는 잉어 배 속을 이리저리 더듬었어요.

"으악, 이 물컹한 것들은 뭐지?"

그것은 바로 잉어가 잡아먹은 것들이었지요.

물컹하다: 너무 익거나 곯아서 물렁하다.

언어 지금 주먹이가 있는 곳은 어디인지 찾아 ○표 하세요.

잉어 배 속

불 꺼진 방 안

과학 탐구 잉어는 물속에 사는 작은 생물을 먹고 살아요. 잉어의 먹이로 알맞은 것에 색칠하세요.

상어

새우

고래

논술 여러분이 주먹이처럼 작아진다면 무엇을 하고 싶은지 말해 보세요.

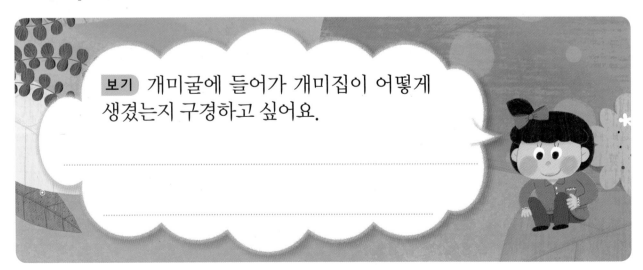

보기 개미굴에 들어가 개미집이 어떻게 생겼는지 구경하고 싶어요.

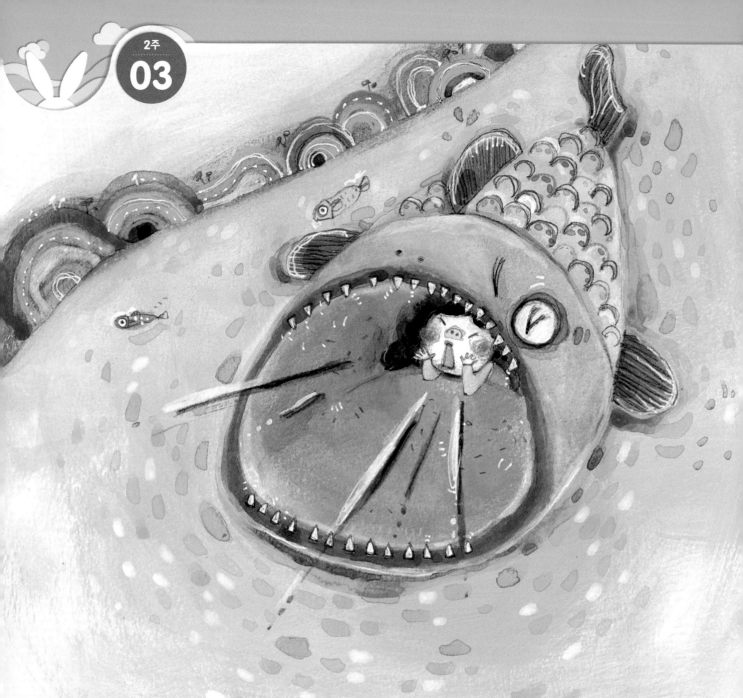

"안 되겠다. 이곳을 빠져나가야지."
주먹이는 잉어 배 속을 이리저리 뛰어다녔어요.
"아이, 숨 막혀! 점점 숨을 못 쉬겠어!"
그때 잉어가 크게 하품을 했어요.
주먹이는 젖 먹은 힘까지 다 내어 소리쳤어요.
"살려 주세요! 잉어 배 속에 사람이 있어요."
그러나 주먹이의 목소리는 개미 소리만큼 작았어요.

 주먹이는 잉어 배 속에서 나가기 위해 어떻게 하였나요? 알맞지 <u>않은</u> 것을 찾아 색칠하세요.

이리저리 뛰어다녔어요.

잉어가 입을 벌릴 때까지 기다렸어요.

살려 달라고 소리쳤어요.

2주 3일 학습 끝!

붙임 딱지 붙여요.

 잉어 배 속에 있는 주먹이는 어떻게 되었나요? 알맞은 것에 ◯표 하세요.

숨이 막혀 갔어요.

코가 막혀 갔어요.

 어떤 일이 몹시 힘들 때 '젖 먹은 힘까지 다 낸다.'라고 해요. 여러분이 젖 먹은 힘까지 다 내어 한 일을 말해 보세요.

보기

젖 먹은 힘까지 다 내어 <u>철봉에 매달렸어요.</u>

젖 먹은 힘까지 다 내어

주먹이는 쉬지 않고 살려 달라고 외쳤어요.

그러나 아무도 그 소리를 듣지 못했지요.

어느덧 해가 뉘엿뉘엿 저물었어요.

잉어가 미끄러지듯이 물 위를 헤엄치다가

뻐끔 하고 입을 크게 벌렸어요.

때마침 강가에 앉아 있는 할아버지 모습이 보였지요.

"아버지, 살려 주세요! 저 주먹이예요."

주먹이는 냉큼 소리쳤어요.

※ 냉큼: 머뭇거리지 않고 가볍게 빨리.

과학탐구   주먹이는 해가 질 때까지 잉어의 배 속에 있었어요. 해가 지면 밖은 어떻게 되는지 알맞은 것에 색칠하세요.

밝아져요.

더워져요.

어두워져요.

언어   잉어 배 속에 있던 주먹이는 할아버지를 보고 어떻게 하였나요? 알맞은 것에 ⬭표 하세요.

냉큼 소리쳤어요.

반갑게 손을 흔들었어요.

논술   할아버지는 강가에 앉아 어떤 생각을 하였을까요? 여러분이 할아버지가 되어 말해 보세요.

보기 주먹이를 찾아야 하는데……

63

할아버지는 어렴풋한 소리를 듣고서
고개를 갸웃거렸어요.
"무슨 소리가 난 것 같은데……."
그때 주먹이가 다시 한번 소리쳤어요.
"아버지, 저 주먹이예요. 살려 주세요!"
"아니, 이건 내 아들 주먹이 목소리잖아!"
할아버지는 소리 나는 쪽으로 낚싯대를 드리웠어요.
덥석! 잉어가 낚시에 매달린 미끼를 물었지요.

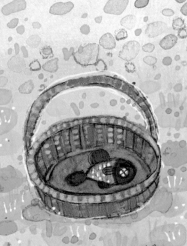

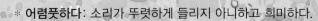

※ **어렴풋하다**: 소리가 뚜렷하게 들리지 아니하고 희미하다.
※ **드리우다**: 한쪽이 위에 고정된 천이나 줄 따위가 아래로 늘어지다.
※ **미끼**: 낚시 끝에 꿰는 물고기의 먹이로, 주로 지렁이, 새우, 밥알 따위를 사용함.

 할아버지가 고개를 갸웃거린 까닭으로 알맞은 것에 색칠하세요.

 주먹이를 보았기 때문이에요.

잉어가 하품하는 소리를 들었기 때문이에요.

 어렴풋한 소리를 들었기 때문이에요.

잉어는 낚시 끝에 매달린 미끼를 물었어요. 잉어가 문 미끼의 모습으로 알맞은 것에 ○표 하세요.

보기 와 같이 소리나 모양을 흉내 내는 말을 넣어 문장을 만들려고 해요. (   ) 안에서 알맞은 낱말을 찾아 ○표 하세요.

보기

잉어가 미끼를 덥석 물었어요.

• 조약돌이 (풍당, 윙윙) 물에 빠졌어요.

• 개구리가 (폴짝폴짝, 엉금엉금) 뛰었어요.

할아버지는 파닥거리는 잉어를

손으로 움켜잡았어요.

잉어의 입을 벌리고 배를 쿡 누르자

배 속에 있던 주먹이가 톡 튀어나왔지요.

"흑흑, 아버지!"

"주먹아, 큰일 날 뻔했구나! 어서 집으로 가자!"

주먹이는 할아버지와 함께 집으로 가면서

하루 동안 겪은 일을 쉴 새 없이 조잘거렸답니다.

＊ **움켜잡다**: 손가락을 우그리어 힘 있게 꽉 잡다.
＊ **조잘거리다**: 조금 낮은 목소리로 빠르게 말을 계속하다.

언어 할아버지는 잉어를 손으로 움켜잡았어요. 물고기를 한 손으로 움켜잡은 모습으로 알맞은 것에 ◯표 하세요.

언어 할아버지는 잉어 배 속에 있던 주먹이를 어떻게 꺼냈나요? 알맞게 말한 것을 찾아 색칠하세요.

잉어의 배를 갈랐어요.

입을 벌리고 배를 쿡 눌렀어요.

논술 주먹이는 집으로 가면서 하루 동안 겪은 일을 조잘거렸어요. 여러분이 주먹이가 되어 어떤 일을 겪었는지 말해 보세요.

1 '주먹이'를 잘 읽었나요? 이 이야기에 나오지 않는 것은 누구인가요? 알맞은 것을 찾아 색칠하세요.

할아버지　　주먹이　　솔개　　주먹이 큰 사람

2 주먹이는 어떻게 태어났나요? 알맞은 것에 ○표 하세요.

할머니가 낳았어요.

알에서 나왔어요.

할머니가 요술을 부렸어요.

강물에 떠내려왔어요.

3 그림을 보고, 일이 일어난 순서대로 ☐ 안에 번호를 쓰세요.

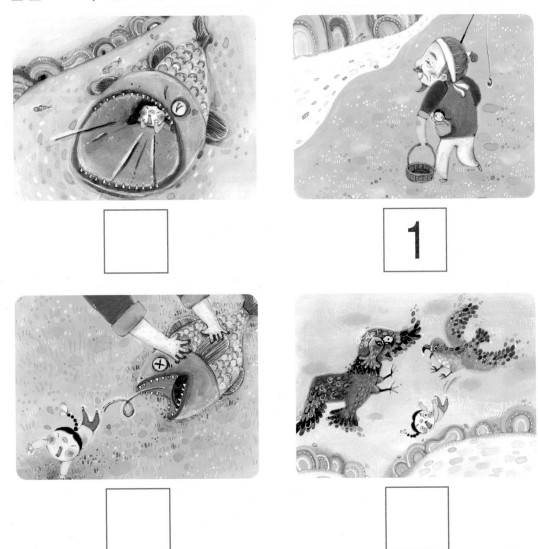

4 주먹이는 몸집이 주먹만 하다고 붙여진 이름이에요. 여러분 이름에는 어떤 뜻이 있는지 알아보고, 보기 와 같이 말해 보세요.

| 보기 | • 이름: 아름 | • 뜻: 세상을 한 아름에 품으라는 뜻이에요. |

• 이름: (　　　　　　　　　　　)

• 뜻:

I 그림이 나타내는 낱말을 찾아 ◯표 하세요.

노래하다　　기도하다

낚시하다　　춤추다

하품하다　　달리다

먹다　　보다

2 그림을 보고, 빈칸에 들어갈 알맞은 낱말을 [보기] 에서 찾아 쓰세요.

[보기]　　　스르르　　　　바들바들　　　　뻐끔　　　　풍덩

추워서 ＿＿＿＿＿＿＿＿＿ 떨어요.

강물에 ＿＿＿＿＿＿＿＿＿ 빠졌어요.

얼음 위로 ＿＿＿＿＿＿＿＿＿ 미끄러져요.

입을 ＿＿＿＿＿＿＿＿＿ 하고 벌려요.

내가 할래요

마음에 드는 장면을 그려요

'주먹이'에서 가장 마음에 드는 장면을 골라 그림으로 그리고, 왜 그렇게 생각하는지 보기 와 같이 써 보세요.

보기

잉어 배 속에서 살려 달라고 소리 지르는 모습이 안타까웠어요.

2주
학습 끝!

확인할 내용	잘함	보통임	부족함
1. 이번 주 학습을 5일(월요일~금요일) 안에 끝마쳤나요?			
2. 등장인물의 생각을 잘 이해하였나요?			
3. 등장인물의 마음이 되어 상상할 수 있나요?			
4. 마음에 드는 장면을 골라 그림으로 나타낼 수 있나요?			

2주 5일
학습 끝!

붙임 딱지 붙여요.

전하는 말

3_주 구슬아, 어디로 가니?

생각톡톡 오늘 아침에 집에서 무엇을 먹었나요?

관련교과   [국어 3-2] 차례대로 내용 간추리기
[통합교과 봄2] 몸에 있는 여러 부분의 이름과 특징 알기 / 몸을 깨끗이 해야 하는 이유를 알고 실천하기

구슬아, 어디로 가니?

으, 화장대에서 떨어졌다.

웅이 엄마! 빨리 나와요.

네, 가요!

웅아, 엄마 갔다 올게.

앗, 발에 차였다!

그냥 가시면 안 되는데……

웅아! 이러지 마. 난 구슬이야. 먹을 것이 아니라고.

으아~!

언어

구슬은 어디에서 떨어졌나요? 알맞은 것을 찾아 ◯표 하세요.

침대

화장대

예체능

웅이 엄마와 같은 행동을 하는 친구를 찾아 줄로 이으세요.

논술

웅이가 손으로 잡은 것은 무엇인지 빈칸에 써 보세요.

웅이는 바닥에 떨어진 ☐ ☐ 을(를) 잡았어요.

힝~, 웅이의 입속에 들어왔네. 조금 전에 먹던 사과를 이로 씹어서 잘게 부수어 놓았구나.

으악~! 끈적끈적해.

놀라지 마! 우리는 '침'이야.

음식이 잘 소화[*]되도록 돕는 일을 하지.

너희는 어디에 있다가 나타난 거니?

우리는 귀와 혀, 턱 밑에 있는 '침샘'에서 나온단다.

* **소화**: 음식물을 잘게 쪼개서 영양분을 흡수하기 좋게 바꾸는 일.

'침'이 하는 일을 알맞게 말한 것에 색칠하세요.

 음식이 잘 소화되도록 도와요.

 음식이 부서지지 않게 잘 뭉쳐 놓아요.

'이'는 음식물을 잘게 부수는 일을 해요. 이런 '이'를 빨리 썩게 하는 음식에는 어떤 것이 있을까요? 모두 찾아 ○표 하세요.

딸기잼 우유 도넛 콩 아이스크림

초콜릿 오이 당근

콜라 케이크 멸치

'혀'는 맛을 느끼는 일도 해요. 각 음식에 어울리는 맛을 찾아 줄로 이으세요.

레몬

소금 뿌린 김

커피

아이스크림

짠맛

쓴맛

신맛

단맛

3주 1일
학습 끝!

붙임 딱지 붙여요.

논술
우리 몸에서 아래와 같은 일을 하는 곳은 어디인지 빈칸에 써 보세요.

• 입속에서 음식물을 침과 섞이게 해요.
• 부서진 음식물을 식도로 밀어 넣어요.
• 맛을 느낄 수 있어요.
• 말할 수 있게 해 주어요.

어디로 가는 거지?

꿀꺽

우와아아아아

꿀꺽

너무 걱정하지 마. '식도'를 지나가는 중이니까. 식도는 음식이 지나가는 길이지.

네가 공기가 지나가는 '기도'로 가지 않아 다행이야.

내가 '기도'로 갔으면 웅이가 숨이 막혔겠네. 큰일 날 뻔했구나!

넌 곧 불룩한 주머니처럼 생긴 '위'에 도착하게 될 거야.

이렇게 내 몸을 오므렸다 폈다 하면 음식물이 '위'로 내려가지.

쑤욱

와, 넓다! 여기가 '위'구나.

그래 맞아! 음식물을 죽처럼 만드는 곳이지. 그래야 영양분을 빨아들이기 쉽거든.

　* **영양분**: 생물의 몸을 이루는 성분이자, 살아가는 데 필요한 힘을 얻는 성분.

과학탐구 '식도'는 무엇이 지나가는 길인가요? 알맞은 것을 찾아 색칠하세요.

음식   공기   피

과학탐구 '위'는 불룩한 주머니처럼 생겼어요. '위'의 모습으로 알맞은 것을 찾아 ○표 하세요.

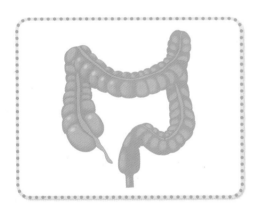 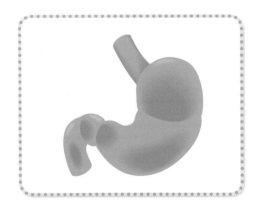

논술 입에서 '식도'로 넘어온 음식물은 어디로 가는지 빈칸에 써 보세요.

입에서 식도로 넘어온 음식물은 [   ] (으)로 가요.

쭈글쭈글 주름진 벽 사이에서 무언가 흐르고 있어. 뭐지?

우린 '위액'이야. 음식물을 녹이고 나쁜 균도 죽이지.

걱정 마! 넌 음식이 아니니.

으악, 나도 녹는 거야?

휴득

감짝

우드르르

그래야 '위액'과 음식물이 섞이지.

으아아아~! 구슬 살려! 왜 이렇게 흔드는 거야?

아이고, 어지러워라.

빙글 빙글

'십이지장'으로 가고 있어.

어, 또 어디로 가는 거야?

언어 위벽의 생김새를 알맞게 나타낸 말에 ○표 하세요.

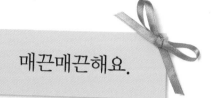 매끈매끈해요.

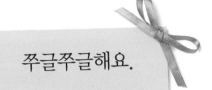 쭈글쭈글해요.

 과학 탐구 '위액'이 하는 일을 알맞게 말한 것에 모두 색칠하세요.

 냄새를 맡아요.

 음식물을 녹여요.

 나쁜 균을 죽여요.

논술 구슬처럼 우리 몸속을 여행할 수 있다면 어디를 여행하고 싶은지 말해 보세요.

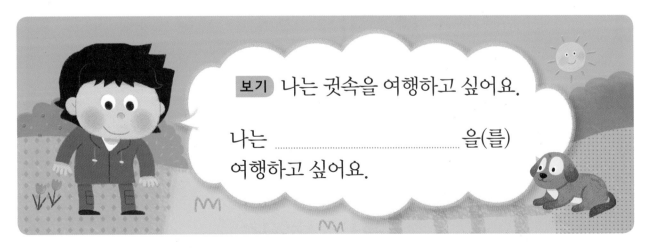

보기 나는 귓속을 여행하고 싶어요.

나는 _____ 을(를) 여행하고 싶어요.

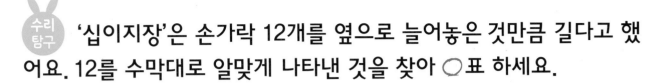

수리 탐구 '십이지장'은 손가락 12개를 옆으로 늘어놓은 것만큼 길다고 했어요. 12를 수막대로 알맞게 나타낸 것을 찾아 ○표 하세요.

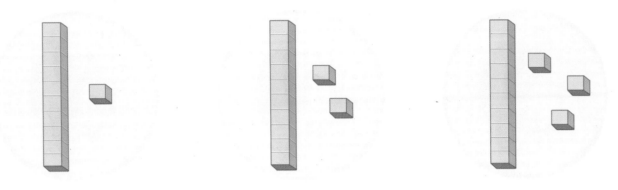

과학 탐구 '위'와 '작은창자' 사이에 있는 것은 무엇인가요? 알맞은 것을 찾아 색칠하세요.

곧은창자   큰창자   십이지장

3주 2일
학습 끝!

붙임 딱지 붙여요.

논술 '십이지장'이 하는 일은 무엇인가요? 빈칸에 들어갈 알맞은 낱말을 써 보세요.

영양분을 잘게 쪼개어 ☐☐ 을(를) 도와요.

으악! 여긴 왜 이렇게 꼬불꼬불 긴 거야?

둥둥

'작은창자'는 원래 좀 길단다. 어른들 키의 3~4배 정도나 되거든.

음식물에 들어 있는 영양분을 빨아들이려면 길쭉할수록 좋지.

우우웅

슉

길쭉한 네가 배 속에 있다는 게 신기한걸.

그러니까 꼬불꼬불 접혀 있지.

으하하, 재미있다. 꼭 놀이 기구 타는 것 같아! 그런데 이렇게 꿀렁거리는 까닭이 뭐야?

꿀렁

꿀렁

'장액'과 음식물이 잘 섞이라고 그러는 거야.

 언어　'작은창자'의 모양과 관계있는 말을 모두 찾아 ◯표 하세요.

꼬불꼬불하다

반듯반듯하다

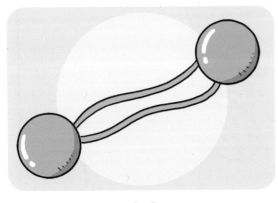

짧다

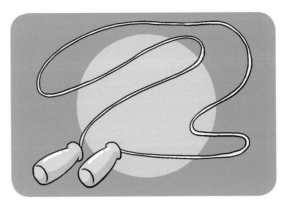

길다

 과학 탐구　'작은창자'는 어떤 일을 하나요? '작은창자'가 하는 일을 알맞게 말한 것에 색칠하세요.

음식물에 들어 있는 영양분을 빨아들여요.

음식물에 들어 있는 물기를 빨아들여요.

'장액'? 그것도 소화를 돕는 건가?

맞아! 영양분을 마지막으로 잘게 쪼개는 일을 한단다.

장액

딱

앗, 벽에 오톨도톨한 건 뭐지?

난 '융털'이라고 해. 잘게 쪼개진 영양분들을 쏙쏙 빨아들이는 일을 하지.

그럼, 나도 빨아들이는 거야?

걱정 마! 너처럼 쪼갤 수 없거나 영양분을 빨아들이고 남은 찌꺼기들은 '큰창자'로 간단다.

내 몸이 저절로 나가고 있어!

나도 식도처럼 내 몸을 움직여 찌꺼기들을 '큰창자'로 보내.

꿀렁!

슈욱

꿀렁

'작은창자'에 대해 바르게 말한 것에는 ○표, 바르게 말하지 못한 것에는 ✕표 하세요.

구슬이 몸속을 여행한 것처럼 새로운 곳을 여행하게 되면 어떤 기분일지 말해 보세요.

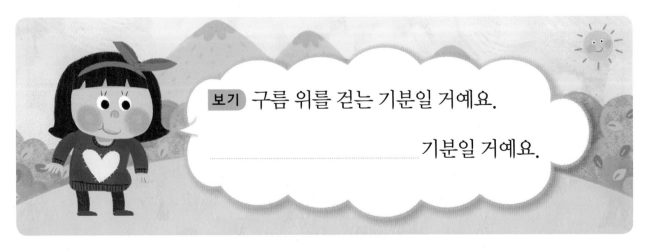

보기 구름 위를 걷는 기분일 거예요.

_____ 기분일 거예요.

어서 와!

이 넓은 길이 바로 '큰창자'네!

만나서 반가워, '큰창자'야. 넌 무슨 일을 하니?

난 음식물 찌꺼기로 똥을 만들어.

똥이라고? 으악, 더러워. 그런데 도대체 얘네들로 어떻게 똥을 만든다는 거야?

음식물 찌꺼기에서 물기를 빨아들여 만들지.

탈탈

탈수

탈수

졸졸

어, 그리고 보니 '큰창자'를 지나면서 음식물 찌꺼기들이 덩어리로 변하네.

맞아. 이 덩어리들이 점점 굳어서 똥이 되는 거지.

과학 탐구 '큰창자'에서 빨아들이는 것은 무엇인지 찾아 ◯표 하세요.

영양분

물

 언어 보기 를 잘 보고, 구슬이 지나간 순서대로 번호를 쓰세요.

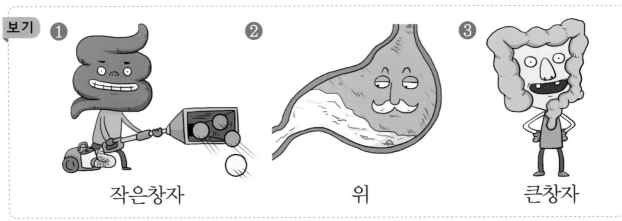

보기

❶ 작은창자　　　❷ 위　　　❸ 큰창자

3주 3일
학습 끝!

붙임 딱지 붙여요.

 논술 '큰창자'에서 물기를 빨아들이고 남은 찌꺼기들은 무엇이 되나요? 알맞은 낱말을 빈칸에 써 보세요.

음식물 찌꺼기들은 굳어져서 　　　이(가) 되어요.

앗, 징그러워라.
너희들은 누구니?

뭐, 우리가 징그럽다고?
우리들은
'큰창자'에 사는
'대장균'님이시다!

균은 병을
일으키잖아!
너희들, 가까이 오지 마!

뻐력!

아니야!
우리는 '큰창자' 안에서
사람에게 이로운
일을 한다고.

무슨 일을 하는데?

몸속에서 소화되지
않는 것을
쪼개지.

음식물 찌꺼기 속에
들어 있는 가늘고
긴 '섬유질'이란
물질을 잘게
부순단다.

쑤욱

딱

언어 구슬이 '큰창자' 안에서 만난 것은 무엇인지 찾아 ◯표 하세요.

대장균

충치균

논술 '대장균'이 자기소개를 하고 있어요. 빈칸에 들어갈 알맞은 낱말을 써 보세요.

나는 [ ][ ][ ] 안에서 살아요.

몸속에서 [ ][ ] 되지 않는 '섬유질'이란 물질을 잘게 부숴요.

95

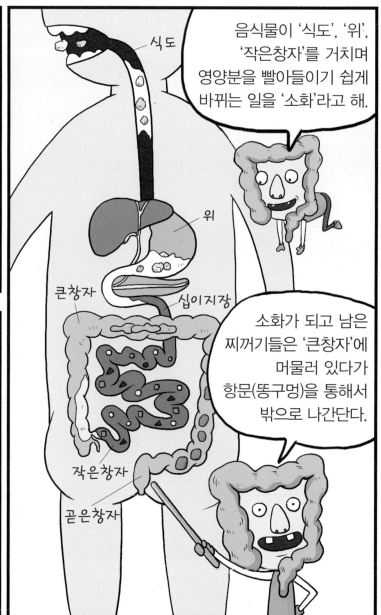

구슬은 '곧은창자'와 '항문'을 거쳐 몸 밖으로 나가게 될 거예요. 구슬이 지금 있는 곳은 어디인지 찾아 ○표 하세요.

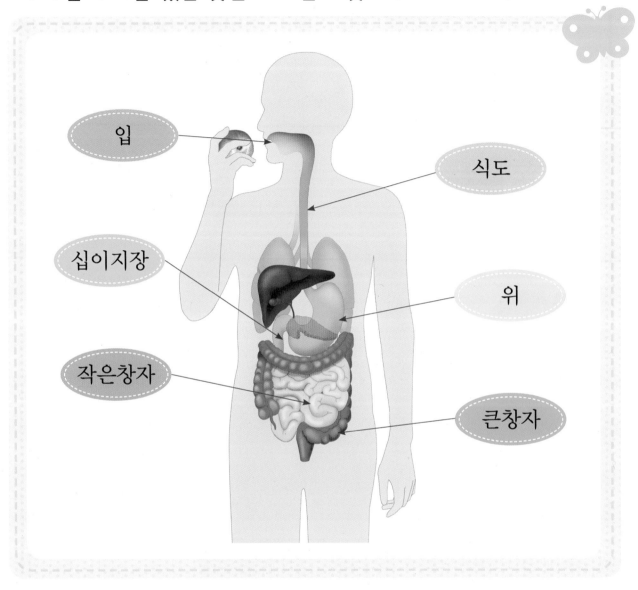

입

식도

십이지장

위

작은창자

큰창자

논술 무엇에 대한 설명인가요? 빈칸에 알맞은 낱말을 써 보세요.

소화가 되고 남은 찌꺼기들이 몸 밖으로
나가는 곳이에요. 곧은창자 끝에 있으며
'항문'이라고 부르지요.

똥

97

웅아, 엄마 왔다! 우리 아기 하룻밤 사이에 더 큰 거 같네. 호호호.

엄마, 나 똥 마려워!

다음 날

웅아, 힘내!

끄응

부들 부들

뿌지지

장하다, 우리 웅이! 엄마가 깨끗이 씻어 줄게.

드디어 밖으로 나왔다! 그런데 똥 속에서는 어떻게 나가지?

웅이와 엄마는 하룻밤이 지나고 다시 만났어요. 하룻밤의 뜻으로 알맞은 것에 색칠하세요.

한 밤을 뜻해요.

두 밤을 뜻해요.

 웅이가 변기에 눈 것으로 알맞은 것을 찾아 ◯표 하세요.

오줌

똥

3주 4일
학습 끝!

붙임 딱지 붙여요.

 구슬이 똥 속에서 나올 수 있는 방법에는 어떤 것이 있을까요? 여러분의 생각을 말해 보세요.

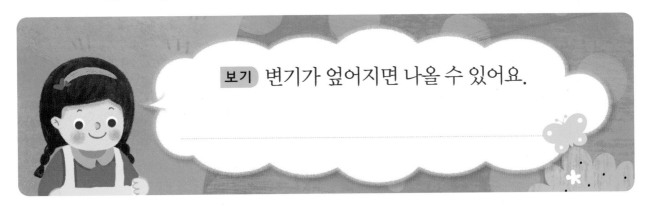

보기 변기가 엎어지면 나올 수 있어요.

| '구슬아, 어디로 가니?'를 잘 읽었나요? 각 설명을 보고 우리 몸속 어디에서 하는 일인지 알맞은 낱말을 보기 에서 찾아 빈칸에 쓰세요.

보기   위   입   항문   큰창자   작은창자   식도

❶ '이'로 음식물을 부수어요.

❷ 부수어진 음식물이 내려가요.

❸ 음식물을 죽처럼 만들어요.

❹ 영양분을 빨아들여요.

❺ 찌꺼기들이 똥이 되어요.

❻ 똥이 밖으로 나와요.

2 무엇을 설명하는 것인지 보기 에서 찾아 쓰세요.

보기   이   혀   위   십이지장   작은창자

혀랑 친해!

- 입속에 있어요.
- 단단해요.
- 음식물을 잘게 부수어요.

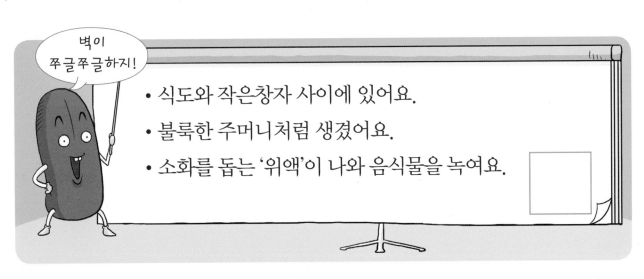

벽이 쭈글쭈글하지!

- 식도와 작은창자 사이에 있어요.
- 불룩한 주머니처럼 생겼어요.
- 소화를 돕는 '위액'이 나와 음식물을 녹여요.

영양분을 쪽쪽!

- 위와 큰창자 사이에 있어요.
- 길고 꼬불꼬불해요.

낱말에 어울리는 그림을 찾아 줄로 이으세요.

부딪히다 •

•

부수다 •

•

어지럽다 •

•

2 무엇에 대한 설명인가요? 알맞은 것을 찾아 ✔표 하세요.

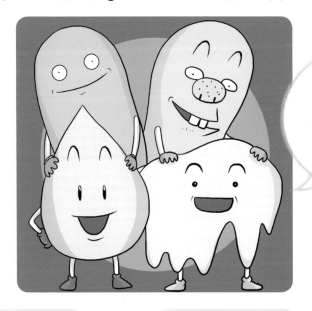

음식물을 잘게 부수어 영양분을 빨아들이기 쉽게 바꾸는 일을 말해. 침, 위액 등이 이 일을 돕지.

소화 ☐   자랑 ☐   싸움 ☐

사람이 먹고 마시는 것을 뜻하는 말이야. 밥, 반찬, 햄버거, 음료수 등 종류도 무척 많아.

똥 ☐   벌레 ☐   음식물 ☐

놀이로 배워요

음식물이 소화되는 과정을 놀이를 통해서 다시 한번 익혀 보아요.

★ 준비됐나요?

주사위

말(작게 자른 색종이 조각)

❶ 가위바위보로 놀이 순서를 정해요.

❷ 정해진 순서대로 돌아가며 주사위를 던져요.

❸ 던져서 나온 주사위 숫자만큼 말을 움직여요.

❹ 가장 먼저 '도착'까지 온 사람이 이기는 거예요.

3주 학습 끝!

확인할 내용	잘함	보통임	부족함
1. 이번 주 학습을 5일(월요일~금요일) 안에 끝마쳤나요?			
2. 소화 과정을 잘 이해하였나요?			
3. 각 소화 기관의 이름을 말할 수 있나요?			
4. 각 소화 기관이 하는 일을 잘 알게 되었나요?			

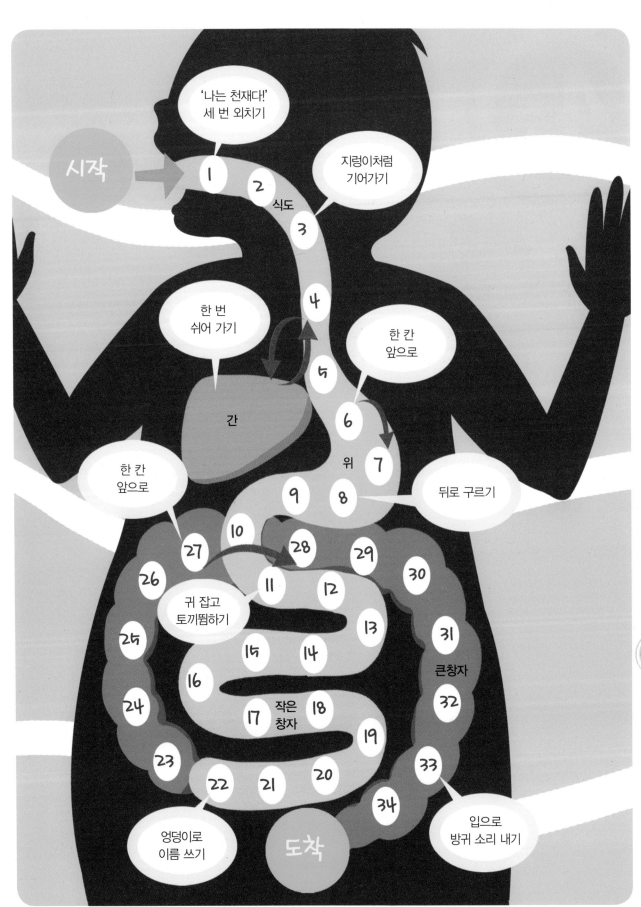

3주 5일
학습 끝!

붙임 딱지 붙여요.

※ '4'에 도착하면 '간'으로 가서 차례가 돌아와도 한 번 쉬어야 해요. 그다음 차례 때 '4'로 되돌아가 놀이를 계속하면 되지요.

몸 튼튼, 마음 튼튼

생각톡톡 엄마, 아빠와 함께 코코코코 놀이를 해 보세요.

코코코코 눈 / 코코코코 귀 / 코코코코 입 / 코코코코 ☐

닮은 곳이 있대요

작사 · 작곡 김성균

엄마하고 나하고 닮은 곳이 있대요
엄마하고 나하고 닮은 곳이 있대요
눈 땡 코 땡 입 딩동댕

아빠하고 나하고 닮은 곳이 있대요
아빠하고 나하고 닮은 곳이 있대요
눈 땡 코 땡 볼 딩동댕

🐰 **언어** 이 노래에서 '나'는 누구와 닮았다고 했는지 알맞은 것에 색칠하세요.

동생

엄마와 아빠

🐰 **언어** 이 노래에서 '나'와 엄마가 닮은 곳을 찾아 ○표, 아빠와 닮은 곳을 찾아 ☆표 하세요.

🐰 **논술** 여러분은 엄마, 아빠와 어디가 닮았나요? 빈칸에 닮은 곳을 써 보세요.

보기
- 엄마하고 나하고 <u>눈</u>이 닮았어요.
- 아빠하고 나하고 <u>눈썹</u>이 닮았어요.

- 엄마하고 나하고 _____ 이(가) 닮았어요.
- 아빠하고 나하고 _____ 이(가) 닮았어요.

진짜를 찾아라!

어느 날 다빈이가 '모나리자'란 그림을 보았어요.

그런데 똑같아 보이는 그림이 두 개 있지 뭐예요?

하나는 진짜이고, 하나는 진짜를 본떠 그린 가짜래요.

이리 보아도 똑같고 저리 보아도 똑같은 것 같은데…….

다빈이의 눈이 핑글핑글, 머리가 지끈지끈!

과연 다빈이는 진짜 그림을 찾을 수 있을까요?

(가)

(나)

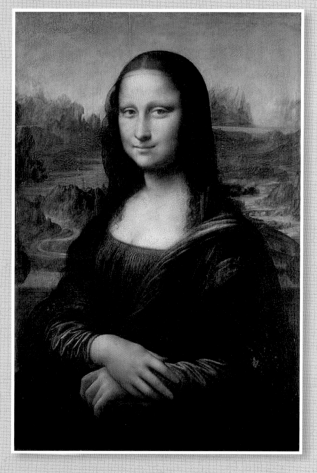

(가)와 (나) 두 그림에는 다른 부분이 두 군데 있어요. 어디인지 찾아 모두 ○표 하세요.

눈썹   볼   손

예체능 진짜 '모나리자' 작품에 대한 설명을 잘 보고, (가)와 (나) 중 어느 것이 진짜인지 쓰세요.

- 이탈리아의 화가 레오나르도 다빈치가 부자 상인인 프란체스코 델조콘도의 부인인 엘리사베타를 그린 것이에요.
- '모나'는 이탈리아어로 결혼한 여자를 높여 부르는 말이고 '리자'는 부인의 이름이지요.
- 얼굴에 눈썹이 없고 부드러운 미소를 띠고 있는 걸로 유명하답니다.

(   )

논술 모나리자가 그림 속에서 무슨 말을 하려는 것만 같아요. 무슨 말을 하려는 것인지 상상하여 말해 보세요.

보기 누가 눈썹 좀 그려 주세요.

머리 어깨 무릎 발

작사 미상 / 외국 곡

머리 어깨 무릎 발 무릎 발

머리 어깨 무릎 발 무릎 발 무릎

머리 어깨 발 무릎 발

머리 어깨 무릎 귀 코 귀

예체능 이 노래는 무엇을 하면서 부르면 좋을까요? 알맞은 것에 ◯표 하세요.

체조

줄넘기

수리탐구 노래를 부르면서 동작을 따라 해 보세요. 몸의 각 부분을 몇 번씩 만지나요? 알맞은 숫자를 빈칸에 각각 쓰세요.

- 머리: _____번
- 어깨: _____번
- 무릎: _____번
- 발: _____번
- 귀: _____번
- 코: _____번

논술 빈칸에 들어갈 가장 알맞은 낱말을 보기 에서 찾아 써 보세요.

보기

머리
코
귀
어깨
발

- 할머니 ☐ ☐ 을(를) 주물러 드려요.
- 집에 들어오면 손과 ☐ 을(를) 깨끗이 씻어요.

4주 1일 학습 끝!

붙임 딱지 붙여요.

113

우리 몸의 구멍

우리 몸에는 중요한 일을 하는
작은 구멍들이 있어요.
슬픈 영화를 보면 눈구멍에 눈물이 그렁그렁,
콜록콜록 감기에 걸리면 콧구멍에 콧물이 들락날락.
배고플 때에는 목구멍으로 음식이 꿀꺽꿀꺽,
추운 겨울에는 귓구멍으로 찬 바람이 쌩쌩.

과학
탐구

우리 몸의 구멍 중 소리를 듣는 곳을 찾아 ○표 하세요.

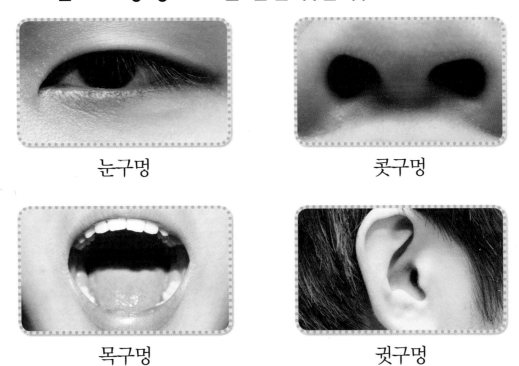

눈구멍 콧구멍

목구멍 귓구멍

예체능

눈구멍, 콧구멍, 목구멍을 빈 얼굴에 그려 넣으세요.

귀여운 토끼를 접어요

어느 봄날,

토끼가 깡충깡충 풀밭으로 나왔어요.

큰 귀를 쫑긋쫑긋! 동그란 눈을 깜박깜박!

귀여운 토끼를 색종이로 접어 볼까요?

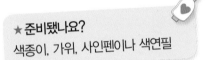

★ 준비됐나요?
색종이, 가위, 사인펜이나 색연필

❶
색종이를 산 모양으로 접어요.

❷
이번에는 앞쪽으로 접어서 아이스크림콘 모양으로 만들어요.

❸
점선을 따라 위로 접어 올려요.

❹
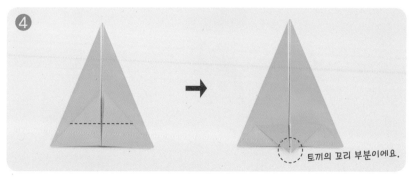
토끼의 꼬리 부분이에요.

작은 세모 부분을 점선을 따라 아래로 접어 내려요.

❺
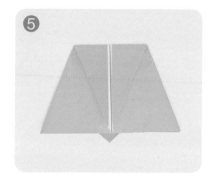

뒤로 돌려 반으로 접어요.

⑥ 다시 뒤로 돌린 다음, 양쪽의 뾰족한 부분을 안쪽으로 꺾어 접어요.

⑦ 토끼의 다리 양끝이 서로 만나도록 가운데를 반으로 접어요.

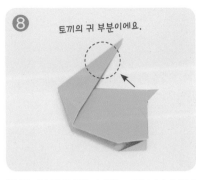

⑧ 몸통 위에 겹쳐져 있는 세모난 부분을 위로 잡아 올려요.

⑨ 잡아 올린 종이의 가운데 부분을 가위로 잘라요.

⑩ 자른 부분을 한쪽씩 잡고 손가락을 넣어서 귀 모양을 잡아요.

⑪ 귀 아래쪽에 눈을 그려 넣으면 쫑긋 쫑긋 귀여운 토끼가 되지요.

드디어 완성!

예체능 토끼의 몸이 어떤 순서로 만들어지는지 ( ) 안에 번호를 쓰세요.

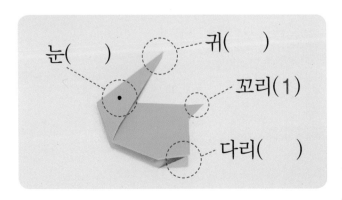

눈( )   귀( )   꼬리(1)   다리( )

눈은 무엇을 좋아할까

텔레비전 볼 때

가까이에서 보나요? 싫어요, 싫어!

엎드려서 보나요? 싫어요, 싫어!

그러면 눈이 싫어한대요.

텔레비전 볼 때

떨어져서 보나요? 좋아요, 좋아!

똑바로 앉아서 보나요? 좋아요, 좋아!

그러면 눈이 좋아하지요.

사회 탐구 텔레비전을 바른 자세로 보는 친구를 모두 찾아 ◯표 하세요.

가까이에서 보아요.

멀리 떨어져서 보아요.

엎드려서 보아요.

똑바로 앉아서 보아요.

 논술 어떻게 하면 눈이 건강해질까요? 눈이 좋아할 만한 행동을 생각해서 보기 와 같이 말해 보세요.

보기 눈은 일찍 자고 일찍 일어나는 걸 좋아해요.

눈은 ....

....

좋아해요.

4주 2일 학습 끝!

붙임 딱지 붙여요.

무슨 소리일까

작사 · 작곡 이민숙

무슨 소리일까 무슨 소리일까
알아맞혀 보세요
알았다 알았다 그건 피아노 소리

무슨 소리일까 무슨 소리일까
알아맞혀 보세요
알았다 알았다 그건 바이올린 소리

무슨 소리일까 무슨 소리일까
알아맞혀 보세요
알았다 알았다 그건 나팔 소리

예체능 이 노래에 나오는 악기들은 어떻게 소리를 낼까요? 알맞은 방법을 찾아 줄로 이으세요.

피아노
•

바이올린
•

나팔
•

•

손가락으로 눌러요.

•

입으로 불어요.

•

활로 켜요.

논술 피아노는 딩동딩동 소리가 나요. 바이올린과 나팔은 어떤 소리가 나는지 써 보세요.

보기

피아노

딩동딩동

바이올린

나팔

싹싹 닦아라

작사 이원수 / 작곡 미상

싹싹 닦아라 윗니 아랫니

싹싹 닦아라 앞니 어금니

이 잘 닦는 아이는 하얀 이 예쁜 이

웃을 때는 반짝반짝 참 예뻐요

예체능 이 노랫말에 어울리는 행동을 한 친구를 찾아 ◯표 하세요.

과학 탐구 치과에서 볼 수 있는 '이 모형'이에요. 각 부분에 알맞은 이름을 붙임 딱지에서 찾아 ❓에 붙이세요.

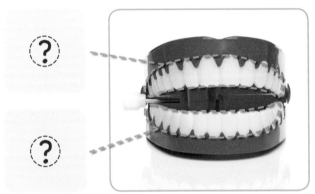

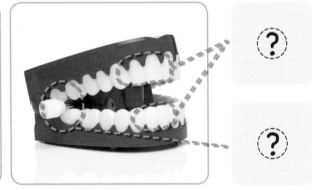

논술 '반짝반짝' 빛나는 것에는 무엇이 있을까요? 보기 와 같이 빈 칸에 알맞은 낱말을 써 보세요.

보기 별이 반짝반짝 빛나요.

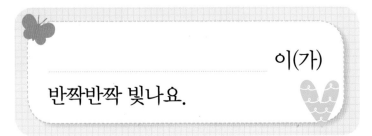
＿＿＿＿＿＿＿＿＿＿ 이(가)
반짝반짝 빛나요.

못난이 주먹밥 만들기

열심히 공부하고 신나게 놀았더니

배에서 꼬르륵꼬르륵!

이럴 때에는 엄마표 간식이 최고이지요.

오늘은 엄마와 함께 주먹밥을 만들어 보면 어떨까요?

내 작은 손이 조몰락조몰락, 엄마의 예쁜 손이 조물조물.

못생겨도 맛은 좋은 못난이 주먹밥 만들기!

★ 준비됐나요? 밥, 식초, 설탕, 메추리알, 김, 멸치볶음

〈한 가지 더!〉

· 부모님과 함께 만들어 보세요.

· 만들 때 앞치마를 입고 비닐장갑을 끼면 더 좋아요.

메추리알은 완전히 삶아 껍데기를 벗겨 놓아요.

김은 바삭하게 구워서 비닐봉지에 넣고 잘게 부스러뜨려요.

고슬고슬하게 지은 밥에 식초와 설탕을 넣고 고루고루 섞어요.

❸에서 양념한 밥에 짭짤한 멸치 볶음을 넣고 고루고루 섞어요.

밥에 메추리알을 넣고 둥글게 뭉쳐요.

❺를 김 가루에 굴리면 못난이 주먹밥 완성!

과학 탐구 못난이 주먹밥을 먹어 보고, 주먹밥에서 어떤 맛이 나는지 모두 찾아 ◯표 하세요.

4주 3일 학습 끝!

붙임 딱지 붙여요.

| 단맛 | 쓴맛 | 신맛 | 짠맛 |

나는 나는 자라서

작사 황병훈 / 작곡 최종진

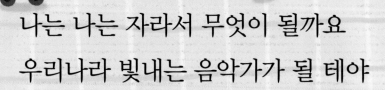

나는 나는 자라서 무엇이 될까요

나라 사랑 가르치는 선생님이 될 테야

나는 나는 자라서 무엇이 될까요

우리나라 빛내는 음악가가 될 테야

나는 나는 자라서 무엇이 될까요

우리나라 지키는 국군이 될 테야

과학 탐구 자라면서 쓰는 물건도 달라져요. 어릴 때 쓰던 물건에는 붙임 딱지를, 지금 쓰는 물건에는 붙임 딱지를 ⑦에 붙이세요.

우유병

숟가락

사회 탐구 각 직업과 관계있는 사진을 찾아 줄로 이으세요.

선생님   음악가   군인

•   •   •

•   •   •

논술 여러분의 꿈을 보기 와 같이 말해 보세요.

보기   나는 나는 자라서 무엇이 될까요
      아픈 사람 치료하는 의사가 될 테야

나는 나는 자라서 무엇이 될까요

_____ _____ 이(가) 될 테야

배가 아파요

작사·작곡 김성균

여보세요 여보세요 배가 아파요
밤새도록 배가 아파 쩔쩔매다가
아침 되기 기다렸다가 겨우 왔어요
어서 나 좀 고쳐 주세요

어서어서 누우세요 어서 봅시다
아니 이런 아이스크림 많이 먹었네
그러니까 배 속에서 야단이 났죠
아픈 주사 한 대 놓으세요

 **사회탐구** 이 노랫말은 어디에서 볼 수 있는 모습인가요? 알맞은 곳에 ◯표 하세요.

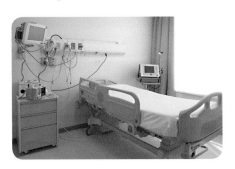

병원

학교

언어 이 노래에서 '나'는 어디가 아파서 병원에 갔나요? 알맞은 곳에 색칠하세요.

머리

배

논술 이 노래에서 의사 선생님은 배탈 난 친구에게 주사를 놓았어요. 여러분이 의사 선생님이라면 어떻게 할지 말해 보세요.

보기 배탈 약을 주겠어요.

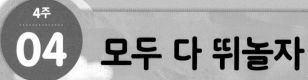

모두 다 뛰놀자

작사 박경문 / 작곡 김방옥

모두 다 홉홉홉 뛰어라

모두 다 훨훨훨 날아라

모두 다 동동동 굴러라

모두 다 빙빙빙 돌아라

우 우 와와와와와

우 우 와와와 와와와

언어 낱말과 관계있는 그림을 찾아 줄로 이으세요.

홉홉홉 •

훨훨훨 •

동동동 •

빙빙빙 •

논술 '모두 다 동동동 굴러라' 부분을 부를 때 어떤 율동을 하면 좋을까요? 보기 에서 알맞은 낱말을 찾아 빈칸에 써 보세요.

보기	빙빙빙	훨훨훨	쿵쿵쿵

한쪽 발을 　　　　 굴러요.

우리 몸 각 부분의 이름을 보기 에서 찾아 빈칸에 쓰세요.

보기　　　배　팔　코　머리　어깨　눈썹　무릎

2 우리 몸 각 부분이 하는 일을 찾아 줄로 이으세요.

 •

눈

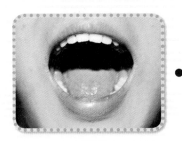 •

입

 •

귀

 •

손과 팔

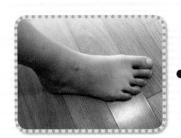 •

발과 다리

 •

음식을 먹어요.

 •

소리를 들어요.

 •

땅을 굴러요.

 •

텔레비전을 보아요.

 •

글씨를 써요.

133

낱말 쏙쏙

┃ 어떤 직업에 대한 설명일까요? 보기 에서 찾아 빈칸에 쓰세요.

보기   화가   군인   선생님   음악가   연예인

학생들을
가르쳐요.

학교나
유치원 등에서
일해요.

음악과
관계있는
일을 해요.

지휘자, 작곡가,
연주자 등이
있어요.

여러 가지
훈련을 받아요.

나라를 지켜요.

2 빈칸에 들어갈 알맞은 낱말을 보기에서 찾아 쓰세요.

보기   훨훨   꿀꺽꿀꺽   핑글핑글   쫑긋쫑긋   싹싹

눈이 _____ 돌아요.

음식을 _____ 삼켜요.

귀를 _____ 세워요.

이를 _____ 닦아요.

나비가 _____ 날아요.

온몸을 쭉쭉, 요가를 해 보아요

부모님과 함께 요가를 해 보세요. 팔다리를 쭉쭉 뻗고, 온몸을 요리조리 움직이다 보면 몸과 마음이 튼튼해진답니다.

★ 준비됐나요? 매트나 요

〈한 가지 더!〉
· 동작을 할 때 부모님이 옆에서 가볍게 눌러 주시면 더 좋아요.
· 어려운 동작은 무리해서 하지 마세요.

① 양발을 어깨너비로 벌리고 서서 팔을 'ㄴ' 자 모양으로 쭉 뻗어요.

② 한 손으로 다리를 잡고 몸을 그쪽으로 천천히 기울여요.

4주 학습 끝!

확인할 내용	잘함	보통임	부족함
1. 이번 주 학습을 5일(월요일~금요일) 안에 끝마쳤나요?			
2. 우리 몸의 각 부분이 하는 일을 구분할 수 있나요?			
3. 우리 몸의 각 부분의 이름을 말할 수 있나요?			
4. 팔다리를 쭉 펴며 요가를 할 수 있나요?			

2

① 등과 다리가 'ㄴ' 자가 되도록 다리를 펴고 앉아 양발을 붙여요.

② 숨을 들이마신 뒤, 윗몸을 숙여서 양 엄지발가락을 잡아요.
이때 무릎을 구부리면 안 돼요.

③ 숨을 내쉬면서 머리가 다리에 닿게 몸을 깊숙이 숙여요.

④ 발끝을 잡고 무릎과 등을 쭉 펴요.

3

① 엎드려서 등 뒤로 팔을 뻗어 양쪽 발목을 잡아요.

② 무릎을 엉덩이만큼 벌리고 숨을 들이마시면서 고개를 뒤로 젖혀요.

③ 가슴을 펴서 몸을 팽팽한 활처럼 만들어요.

4

① 반듯하게 누워서 손바닥으로 허리를 받쳐요.

② 무릎을 펴고 다리를 머리 쪽으로 힘껏 넘겨요.

③ 숨을 내쉬면서 천천히 다리를 내려요.
이때 무릎을 구부리면 안 돼요.

전하는 말

4주 5일
학습 끝!

1주 뾰족성의 거울 왕비

1주 11쪽 생각 톡톡

1주 뾰족성의 거울 왕비

예 동그란 눈, 오똑한 코 등

1주 13쪽

01 뾰족성의 거울 왕비

뾰족성을 다스리는 임금님이 예쁜 새 왕비를 맞이했어요.
왕비는 신비한 마법 거울을 가지고 있었지요.
"거울아, 거울아, 세상에서 누가 제일 예쁘니?"
왕비가 물으면 거울은 늘 대답했어요.
"그건 바로 왕비님입니다."
그런데 어느 날 이렇게 대답하는 게 아니겠어요?
"임금님의 딸, 백설 공주님입니다."

1주 15쪽

01

"뭐, 뭐라고? 백설 공주?"
왕비가 얼굴이 금세 붉으락푸르락해졌어요.
"말도 안 돼! 세상에서 제일 예쁜 사람은 바로 나라고!"
왕비는 분하고 억울한 마음에 펄쩍펄쩍 뛰었어요.

왕비가 화난 까닭으로 알맞은 것에 색칠하세요.

거울이 백설 공주가 세상에서 제일 예쁘다고 말해서

거울이 백설 공주를 더 좋아한다고 말해서

1주 17쪽

01

왕비는 심술이 나서 백설 공주를 괴롭혔어요.
"공주, 청소 좀 하시오. 먼지가 너무 많지 않소."
"공주, 맨날 놀기만 하고 공부는 언제 할 거요?"

백설 공주는 커다란 눈을 깜박이며 대답했어요.
"어마마마, 앞으로는 스스로 알아서 잘할게요."
그때 왕비는 백설 공주의 눈이
크고 동그랗다는 걸 문득 깨달았어요.

백설 공주의 생김새로 알맞은 것을 붙임 딱지에서 찾아 ? 에 붙이세요.

1주 19쪽

02

왕비는 쪼르르 거울한테 달려갔어요.
"거울아, 거울아! 내 눈도 크고 동그랗게 만들어 줘!"
거울은 왕비의 말을 듣고 주문을 외웠어요.
"아카라브라타, 왕비님 눈을 크고 동그랗게!"

"펑!" 소리와 함께 왕비의 눈이 크고 동그랗게 바뀌었어요.
"눈이 커지니까 눈을 깜박이는 게 힘이 드네.
하지만 예쁘니까 괜찮아."
왕비는 거울을 보며 기뻐했어요.

왕비가 거울에 한 말로 알맞은 것에 ○표 하세요.

내 눈도 크고 동그랗게 만들어 줘

내 코도 크고 동그랗게 만들어 줘

1주 21쪽

02

며칠이 지나자 왕비는 마음이 불편해졌어요.
"아직도 백설 공주가 더 예쁜 것 같아."
왕비는 백설 공주를 찬찬히 살펴보았어요.

그러자 백설 공주가 작은 얼굴을 코앞에 디밀며 물었어요.
"어마마마, 제가 또 뭘 잘못했나요?"
그때 왕비는 백설 공주의 얼굴이 자기보다
더 작고 갸름하다는 걸 깨달았어요.

얼굴이 더 작고 갸름한 사람을 붙임 딱지에서 찾아 ? 에 붙이세요.

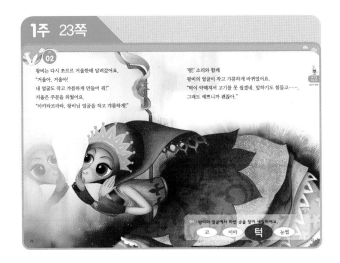

1주 23쪽

왕비는 다시 쪼르르 거울한테 달려갔어요.
"거울아, 거울아!
내 얼굴도 작고 갸름하게 만들어 줘!"
거울은 주문을 외웠어요.
"아카타브라타, 왕비님 얼굴을 작고 갸름하게!"

'펑!' 소리와 함께
왕비의 얼굴이 작고 갸름하게 바뀌었어요.
"턱이 약해져서 고기를 못 씹겠네, 말하기도 힘들고……
그래도 예쁘니까 괜찮아."

코　이마　턱　눈썹

1주 25쪽

며칠이 지나자 왕비는 다시 마음이 불편해졌어요.
'왜 여전히 백설 공주가 더 예쁜 것 같지?'
왕비는 생각하고 또 생각했어요.
그러다 돌부리에 걸려 벌러덩 넘어질 뻔했어요.
"어이쿠! 왕비 살려."

백설 공주가 긴 팔로 왕비를 잡아 주며 말했지요.
"어마마마, 괜찮으세요?"
그때 왕비는 백설 공주의 팔다리가
길쭉하다는 걸 깨달았어요.

1주 27쪽

왕비는 또 쪼르르 거울한테 달려갔어요.
"거울아, 거울아! 내 팔다리도 길쭉하게 만들어 줘!"
거울은 주문을 외웠어요.

"아리아리 수리수리, 왕비님 팔다리를 길쭉하게!"
'펑!' 소리와 함께 왕비의 팔다리가 길어졌어요.

팔다리를 길게 만들기 위해

1주 29쪽

그런데 이게 웬일일까요?
왕비는 사라지고 대신 사마귀 한 마리가 서 있었어요.
"왕비님, 어디 계십니까? 어디로 가신 겁니까?"

거울은 꿈에도 몰랐어요.
잘못 외운 주문 때문에 왕비가 크고 둥그란 눈에,
작고 갸름한 얼굴, 길쭉한 팔다리를 가진
사마귀가 되었다는 걸 말이에요.

1주 31쪽

사마귀가 된 왕비는 거울을 향해
있는 힘껏 소리쳤어요.
"거울아, 거울아!
예전의 내 모습으로 되돌려 줘."

하지만 거울은 아무런 대답이 없었어요.
거울의 귀는 사람이 하는 말만
들을 수 있었거든요.

코　눈　턱　귀

1주 33쪽

아무리 둘러보아도 왕비가 보이지 않자
거울은 혼자 중얼거렸어요.
"왕비님은 예전 모습이 훨씬 아름다웠는데,
왜 자꾸 바꾸려고 하셨을까?
욕심이 지나치면 탈이 나는 법인데……"

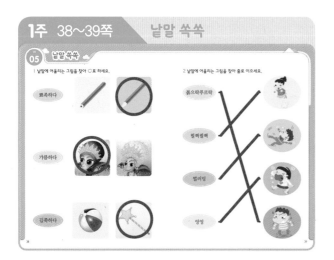

2주 주먹이

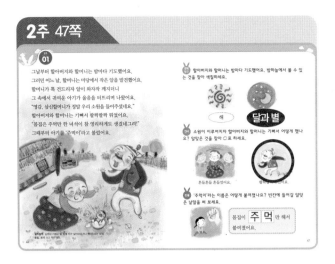

그날부터 할아버지와 할머니는 밤마다 기도했어요.
그러던 어느 날, 할머니는 마당에서 작은 알을 발견했어요.
할머니가 똑 건드리자 알이 와자작 깨지더니
그 속에서 귀여운 아기가 울음을 터뜨리며 나왔어요.
"영감, 삼신할머니가 정말 우리 소원을 들어주셨네요."
할아버지와 할머니는 기뻐서 팔짝팔짝 뛰었어요.
"몸집은 주먹만 한 녀석이 참 영리하게 생겼네그려!"
그때부터 아기를 '주먹이'라고 불렀어요.

할아버지와 할머니는 밤마다 기도했어요. 밤하늘에서 볼 수 있는 것을 찾아 색칠하세요.

해 | **달과 별**

소원이 이루어지자 할아버지와 할머니는 기뻐서 어떻게 했나요? 알맞은 것을 찾아 ○표 하세요.

'주먹이'라는 이름은 어떻게 붙여졌나요? 빈칸에 들어갈 알맞은 낱말을 써 보세요.

몸집이 **주 먹** 만 해서 붙여졌어요.

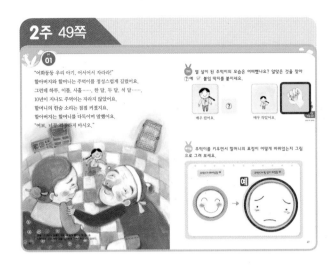

"어화둥둥 우리 아기, 어서어서 자라라!"
할아버지와 할머니는 주먹이를 정성스럽게 길렀어요.
그런데 하루, 이틀, 사흘……, 한 달, 두 달, 석 달 ……,
10년이 지나도 주먹이는 자라지 않았어요.
할머니의 한숨 소리는 점점 커졌지요.
할아버지는 할머니를 다독이며 말했어요.
"여보, 너무 걱정하지 마시오."

열 살이 된 주먹이의 모습은 어떠했나요? 알맞은 것을 찾아 붙임 딱지를 붙이세요.

매우 컸어요. | 매우 작았어요.

주먹이를 키우면서 할머니의 표정이 어떻게 바뀌었는지 그림으로 그려 보세요.

예

그날부터 할아버지는 주먹이를
주머니에 넣어서 산으로 강으로 데리고 다녔어요.
"아버지, 여기가 어디예요?"
"강이란다. 우리 새 식구가 먹을 물고기를 잡으러 왔지."
주먹이는 기분이 좋아 콧노래를 흥얼거렸지요.
"강바람이 솔솔, 신바람이 흥흥!"

할아버지는 주먹이를 어디에 넣어서 데리고 다녔나요? 알맞은 것에 ○표 하세요.

앞엡데기 | 바구니
물고기 바구니

할아버지는 주먹이를 산과 강으로 데리고 다녔어요. 산과 강의 모습을 찾아 줄로 이으세요.

산
강

할아버지는 조용한 곳에 자리를 잡았어요.
주먹이는 낚싯대를 타고 놀았지요.
"아, 재미없어. 낚시는 너무 지루해!"
주먹이는 풀밭으로 내려와서 폴짝폴짝 뛰어다녔어요.
그때였어요.
풀밭 위를 뱅뱅 돌며 먹이를 찾던 솔개 한 마리가
주먹이를 휙 낚아챘어요.
그리고는 하늘 높이 날아올랐어요.

할아버지가 강가에서 한 일을 찾아 색칠하세요.

물놀이 | **낚시**

먹이를 찾던 솔개가 주먹이를 낚아채 갔어요. 솔개의 모습으로 알맞은 것에 ○표 하세요.

주먹이는 낚싯대를 타고 노는 것이 지루해지자 풀밭을 뛰어 다녔어요. 여러분은 지루할 때 무엇을 하는지 말해 보세요.

예 나는 지루할 때 친구와 자전거를 타요.

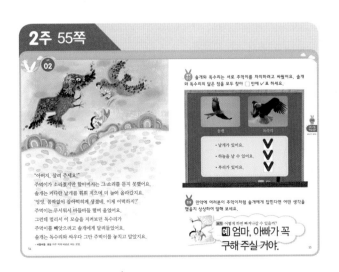

"아버지, 살려 주세요!"
주먹이가 소리쳤지만 할아버지는 그 소리를 듣지 못했어요.
솔개는 커다란 날개를 휘휘 저으며 더 높이 올라갔지요.
"엉엉, 꼼짝없이 잡아먹히게 생겼네, 이제 어떡하지?"
주먹이는 무서워서 바들바들 떨며 울었어요.
그런데 멀리서 이 모습을 지켜보던 독수리가
솔개는 독수리와 싸우다 그만 주먹이를 놓치고 말았지요.

솔개와 독수리는 서로 주먹이를 차지하려고 싸웠어요. 솔개와 독수리의 닮은 점을 모두 찾아 안에 ✓표 하세요.

솔개 | 독수리
• 날개가 있어요.
• 하늘을 날 수 있어요.
• 부리가 있어요.

만약에 여러분이 주먹이처럼 솔개에게 잡힌다면 어떤 생각을 했을지 상상하여 말해 보세요.

예 엄마, 아빠가 꼭 구해 주실 거야.

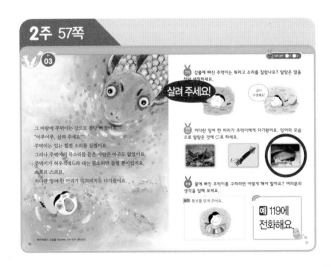

그 바람에 주먹이는 강으로 풍덩 빠졌어요.
"어푸어푸, 살려 주세요!"
주먹이는 있는 힘껏 소리를 질렀어요.
그러나 주먹이의 목소리를 들은 사람은 아무도 없었어요.
주먹이가 허우적대느라 내는 물소리만 들릴 뿐이었어요.
스르륵 스르륵
커다란 잉어 한 마리가 미끄러지듯 다가왔어요.

강물에 빠진 주먹이는 뭐라고 소리를 질렀나요? 알맞은 말을 찾아 색칠하세요.

살려 주세요!

커다란 잉어 한 마리가 주먹이에게 다가왔어요. 잉어의 모습으로 알맞은 것에 ○표 하세요.

물에 빠진 주먹이를 구하려면 어떻게 해야 할까요? 여러분의 생각을 말해 보세요.

예 119에 전화해요.

141

정답 및 해설

2주 59쪽

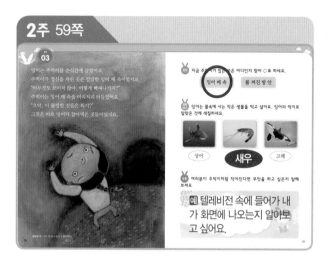

2주 61쪽

2주 63쪽

2주 65쪽

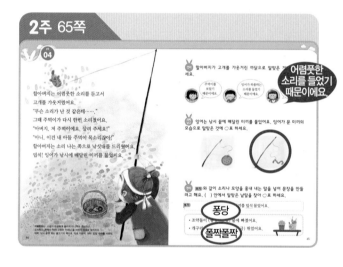

2주 67쪽

2주 68~69쪽 되돌아봐요

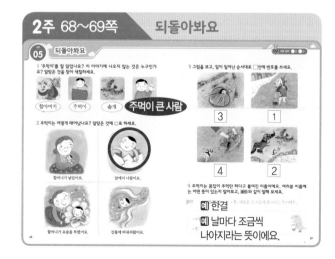

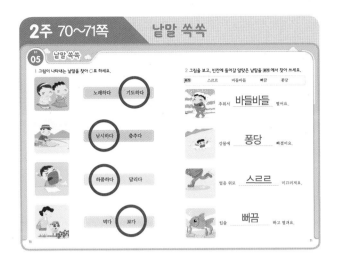

3주 구슬아, 어디로 가니?

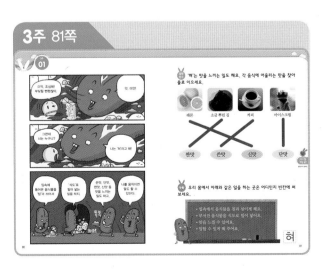

정답 및 해설

3주 83쪽

3주 85쪽

3주 87쪽

3주 89쪽

3주 91쪽

3주 93쪽

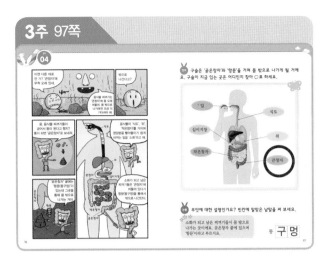

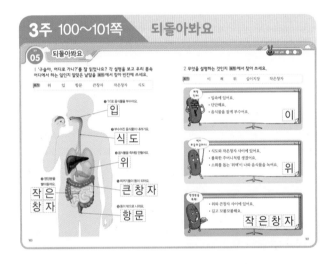

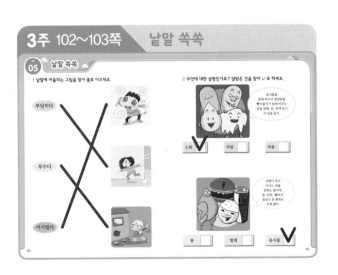

정답 및 해설

4주 몸 튼튼, 마음 튼튼

4주 107쪽 — 생각 톡톡

4주 109쪽

01 닮은 곳이 있대요

4주 111쪽

01 진짜를 찾아라!

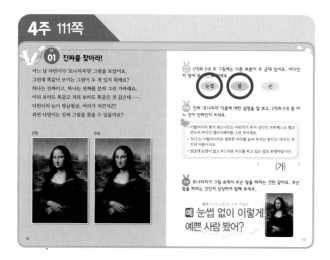

4주 113쪽

01 머리 어깨 무릎 발

4주 115쪽

02 우리 몸의 구멍

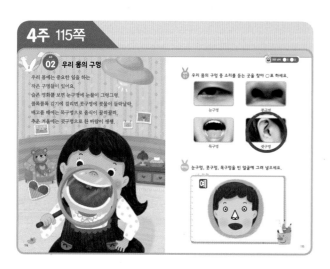

4주 117쪽

02 귀여운 토끼를 접어요

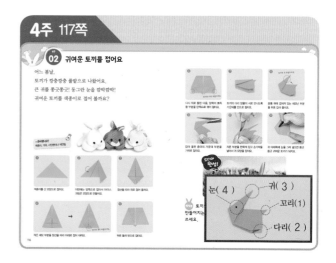

147

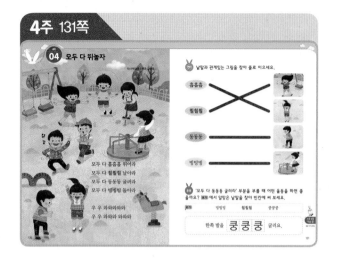

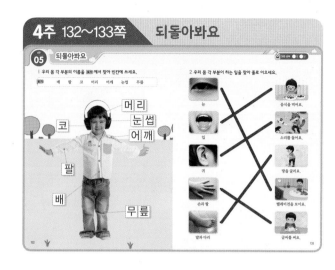

5권 구매 등록마다 선물이 팡팡!

세토 시리즈
래빗 포인트

★★ **래빗 포인트 적립하기**

🐰 **포인트 번호**

3E0D-R3R6-E6H7-3KDG

 **1** **래빗 포인트란?**

NE능률 세토 시리즈 교재 구매 시
혜택을 드리는 포인트 제도입니다.
1권 당 1P가 적립되며, 5P 적립마다
경품으로 교환 가능합니다.
(시리즈 3종 포함 시 추가 경품 증정)

 2 **포인트 적립 방법**

1 세토 시리즈 교재 구입
2 래빗 포인트 적립 페이지 접속
   (QR코드 스캔)
3 NE능률 통합회원 로그인
4 포인트 번호 16자리 입력

 3 **포인트 적립 교재**

- 세 마리 토끼 잡는 독서 논술
- 세 마리 토끼 잡는 초등 독해
- 세 마리 토끼 잡는 급수 한자
- 세 마리 토끼 잡는 초등 어휘
- 세 마리 토끼 잡는 역사 탐험
- 세 마리 토끼 잡는 초등 한국사

★ **포인트 유의사항** ★

- 이름, 단계가 같은 교재의 래빗 포인트는 1회만 적립 가능하며, 포인트 유효기간은 적립일로부터 1년입니다.
- 부당한 방법으로 래빗 포인트를 적립한 경우 해당 포인트의 적립을 철회하고 서비스 이용을 제한할 수 있습니다.
- 래빗 포인트에 관한 자세한 사항은 래빗 포인트 적립 페이지 맨 하단을 참고해주세요.

NE 능률

★ 하루 학습량(3장)이 끝나는 쪽에 다음 붙임 딱지를 ❶∼❸과 같은 방법으로 붙이세요.

1주 1일 학습 끝! 🐰	1주 2일 학습 끝! 🐰	1주 3일 학습 끝! 🐰	1주 4일 학습 끝! 🐰	1주 5일 학습 끝! 🐰
2주 1일 학습 끝! 🐰	2주 2일 학습 끝! 🐰	2주 3일 학습 끝! 🐰	2주 4일 학습 끝! 🐰	2주 5일 학습 끝! 🐰
3주 1일 학습 끝! 🐰	3주 2일 학습 끝! 🐰	3주 3일 학습 끝! 🐰	3주 4일 학습 끝! 🐰	3주 5일 학습 끝! 🐰
4주 1일 학습 끝! 🐰	4주 2일 학습 끝! 🐰	4주 3일 학습 끝! 🐰	4주 4일 학습 끝! 🐰	4주 5일 학습 끝! 🐰

❶ 붙임 딱지의 왼쪽 끝을 책의 붙임 딱지 붙이는 자리에 잘 맞추어 붙이세요.
❷ 붙이고 남은 부분은 점선을 따라 접어 뒤로 붙이세요.
❸ 붙임 딱지를 붙인 모습이에요.

★ 해당 쪽에 붙임 딱지를 붙이세요.

P1 1주·13

P1 1주·17

아파트   뾰족성   초가집

눈이 동그랗고 커요.   눈이 가늘고 작아요.

P1 1주·21

P1 1주·29

백설 공주   왕비   사마귀   개미

P1 2주·49   P1 4주·123

P1 4주·127

 윗니   아랫니   앞니   어금니